DARIA BUNKO

花嫁修業は恋の予感♥

神香うらら

illustration❋こうじま奈月

イラストレーション✽こうじま奈月

CONTENTS

花嫁修業は恋の予感♥

1

桜が散り、木々が柔らかな新緑に覆《おお》われ始めた四月の半《なか》ば。

東京《とうきょう》都心にある私立慶明《けいめい》大学のキャンパスは、うららかな春の陽差しに包まれていた。

午後二時半を少し回り、三限の講義を終えた学生たちが大教室からあふれ出す。

萩原千磨《はぎわらちま》も、キャンバス地のトートバッグに教科書やノートを突っ込《つこ》んで教室を後にした。

廊下《ろうか》やロビーでは、先週入学式を終えたばかりの新入生たちが履修《りしゅう》案内を片手にあちこちで集まり、どの講義を履修するか相談を始めている。

「ねえ、今の講義取る？　先輩に聞いたんだけど、あの先生出席すごい厳しいらしくてさあ」

教室棟から出たところでいきなり女子学生に肩《かた》を叩《たた》かれ、千磨は驚いて振り向いた。

「えっ？」

大きな目をぱちくりさせる。百六十五センチの千磨を見下ろすように立っているのは、千磨と同じ法学部の新入生だ。

「あ、ごめんごめん。友達と間違えちゃった」

完璧《かんぺき》な化粧をしたその女子学生は、千磨の顔を見て可笑《おか》しそうに笑った。

「いや……」

「あ、アユミー、どこ行ってたの？　探したよ」

千磨の背後をひょいと見やり、彼女が大袈裟《おおげさ》なくらいに手を振る。

つられて振り向いて、千磨はがっくりと肩を落とした。

(女と間違われてしまった……)

アユミと呼ばれた女の子はミディアムショートの髪《かみ》を栗色《くりいろ》に染《そ》めており、千磨のやや伸びすぎた色素の薄い髪と印象が似ていた。服装も、千磨が着ているのと同じような水色のパーカーにジーンズという出《い》で立《た》ちだ。髪型や服装だけでなく、色白でほっそりした体型も似ている。

千磨が女の子と間違われるのは今に始まったことではない。小学生の頃はしょっちゅう姉と間違えられたものだ。

しかし、大学生にもなって間違われるとは思わなかった。

「ごめーん、メグ。教室に携帯忘れちゃって。あ、語学のクラスで一緒《いっしょ》の……萩原くんだっけ？」

アユミが近づいてきて千磨の顔を覗《のぞ》き込む。間近で見ると、水色のパーカーは千磨の九百八十円の特価品とは違って洒落《しゃれ》ていた。

「いやあ、斜め後ろから見た感じがアユミに似ててさ、間違えちゃったよ」

「マジでー？　あーでも髪とか似てるかも」

ほんの三週間ほど前に西日本の片田舎《かたいなか》から上京してきたばかりの千磨には、大人《おとな》びた彼女たちは同じ大学生とは思えなかった。いかにも都会風の女子学生二人に見下ろされ、千磨は警戒《けいかい》するように上目遣《うわめづか》いになってしまった。

「なんか萩原くんて……」

「すっごく……」

しげしげと見つめられ、千磨はたじろいだ。

「か〜わ〜い〜！」

二人が同時に口を開き、ぴったりと声が重なる。

可愛《かわい》いと言われ、千磨はむっとして唇《くちびる》を尖《とが》らせた。男としてはあまり嬉《うれ》しい言葉ではない。

「これからクラスの子たちとカフェテリア行って履修登録の相談しようと思ってるんだけどさ、一緒に行かない？」

唐突《とうとつ》に誘われて、千磨は面食らった。彼女たちとは今まで話したこともないので、誰かと間違えているのではと心配になる。

「いや俺《おれ》……これからバイトあるから」

先日塾講師の面接に受かって、今日が初出勤なのだ。遅れるわけにはいかない。

「そっかあ。じゃあまた今度ね」

もうすっかり友達のような顔をして、メグとアユミがにこやかに手を振る。

校門に向かって歩きながら、千磨は大きく息を吐《は》いた。

（ふう……都会の人間関係の距離感はよーわからん）

千磨の出身地は岡山《おかやま》県北部の栗ノ木《くりのき》村という山間《やまあい》の小さな集落だ。県庁所在地の岡山市までバスと列車を乗り継いで三時間以上かかるような僻地《へきち》である。通っていた公立高校は共学だったが、あんなふうに内容口調ともに軽やかな物言いをする生徒はいなかった。

見た目も話し方もまるでテレビドラマに出てくる大学生のような彼女たちに、千磨は今更《いまさら》ながら自分がひどく場違いな場所に来てしまったことを痛感した。

慶明大学には地方からの入学者も大勢いるはずだが、校門へ向かう学生の群れを見渡すと、自分以外の皆がお洒落で都会的に見えてくる。

すれ違った男子学生にじろじろ見られ、思わず睨《にら》み返す。

（どーせ俺は野暮《やぼ》ったいよ！）

睨まれた男子学生は、千磨の迫力にぎょっとしたように目をそらした。

しかしその学生以外にもちらちらと千磨を振り返って見ている人がいることに、本人は気づいていない。

服装や髪型など些末《さまつ》なことに思えるほどに、千磨の容貌《ようぼう》は人目を惹《ひ》く。

磁器のように滑《なめ》らかな白い肌《はだ》、少し茶色がかったさらさらの髪。すっきり整った輪郭《りんかく》に大きな紅茶色の瞳《ひとみ》が印象的で、ややぽってりとした唇が愛らしい。体つきは華奢《きゃしゃ》だが決して弱々しくはなく、健康で少年らしい色香を漂《ただよ》わせている。

十八歳の男にしてはあどけなさを残した千磨は、栗ノ木村でも評判の美少年だった。

（あれは人口わずか二千人、しかも高齢化の村だったからであって、東京では通用せん）

そもそも千磨は美少年と呼ばれることを嫌っていた。「女の子みたい」と言われることが多い自分の顔があまり好きではない。

千磨としては、顔も体ももっと男らしくなりたいのだが……。

――ちょうど視界の端《はし》に、大股《おおまた》で颯爽《さっそう》と校門をくぐって歩いてくる若い男が飛び込んできた。

（そう、例えばあんな感じの……）

自分がこうなりたい、という理想をそのまま描《えが》いたようなその男に、自然と目が吸い寄せられる。

遠目にも一際《ひときわ》長身なのがわかる。百九十センチ近いかもしれない。その上肩幅が広くて手脚が長く、均整の取れた体つきだ。

（うわー……なんかモデルみたいだな）

黒っぽいスーツを隙《すき》なく着こなした長身の男は、どう見ても学生ではなさそうだ。かといって若手の講師や准《じゅん》教授という感じでもない。

男はずんずんとこちらに向かってくる。近くで見ると、顔もやけに整っていた。やや浅黒い肌に濃い眉《まゆ》と切れ長の目が印象的で、男っぽい美形だ。

（さすが東京じゃ。こういう絵に描《か》いたような美形が、現実におるんじゃなー）

　正面から歩いてくる男をちらちらと眺《なが》めながら、千磨は男とぶつからないようにそっと左に避《よ》けた。

「……っ！」

　目の前を、黒っぽいスーツの上着と濃紺《のうこん》のワイシャツ、シルバーグレーのネクタイを身につけた広い胸が塞《ふさ》ぐ。

　互いに相手を避けようとして、同じ方向に動いてしまったようだ。

「すみません」

　小さく言って、右に避ける。

「!?」

　男もまた、千磨の動きに合わせて千磨の正面を塞いだ。

　もう一度気を取り直して左に避けようとすると、いきなり両肩をがっちりと掴《つか》まれた。

「なっ、なんな!?」

　思わず方言がぽろっと飛び出す。

「萩原千磨だな」

　フルネームで呼ばれ、千磨は顔を上げた。

　男は千磨よりも頭ひとつ分背が高く、間近で見上げると仰《の》け反《ぞ》りそうになる。

（なんで俺の名前……）

千磨はこの男を知らない。初めて会ったのに、どうして自分の名前を知っているのだろう。

男は片手で千磨の肩を掴んだまま、スーツの内ポケットから折り畳《たた》んだ紙を取り出した。ばさっと振って広げ、その書類と千磨の顔を交互に見て頷《うなず》く。

「間違いないな。では来てもらおう」

男に腕《うで》を掴まれて連行されそうになり、千磨は慌《あわ》てて渾身《こんしん》の力で踏《ふ》ん張《ば》った。

「ちょ、ちょっと待って！　あんた誰なん？　誰かと間違えとるんじゃ……」

抗議する千磨を、長身の男がじろりと見下ろす。

男の鋭い目に、千磨はたじろいだ。整った容貌と相まってやけに迫力がある。

「間違ってなどいない。お前は萩原千磨だろう」

「それはそうじゃけど……俺になんの用？」

「お前に、俺の婚約者になってもらう」

「…………」

あまりにも突飛《とっぴ》なことを言われ、千磨は面食らってぽかんと口を開けた。

一見まともそうに見えるが、この男は少し頭がおかしいのだろうか。

「悪いが急いでいるんだ」

男は有無《うむ》を言わせぬ口調で千磨の腕を引っ張った。ついでに千磨のトートバッグも奪い取るようにして持つ。

「ちょちょちょ、待った！　婚約者あ⁉」

　このままではわけのわからないまま連れ去られそうで、千磨は奪われたトートバッグを奪い返そうと取っ手を摑んだ。

　男も負けじとバッグを引っ張る。周辺にいた数人の学生たちがいったい何事かと振り向いて見ているが、関わり合いになりたくないらしく誰も千磨を助けようとはしてくれない。

「あんたが何言ってんのか全然わからん！」

「言葉どおりの意味だ。お前を俺の婚約者にすると言っているんだ」

「俺、男じゃけど」

　まさか女と間違えられているのではないかと千磨は心配になってきた。

　パーカーの胸は平らだし、自分のことも「俺」と言っているのだが、ついさっきも後ろ姿とはいえ女に間違われたばかりだ。声も中性的で喉仏《のどぼとけ》も目立たないし名前も女っぽいので、もしかしたらこの男は勘違《かん》いしているのかもしれない。

「そんなことはわかってる」

　男は面倒《めんどう》くさそうに言って、ガードの緩《ゆる》んだ千磨の手からトートバッグを奪い取った。

「……あっ、おい、返せ！」

　千磨は男のスーツの上着の襟《えり》に摑みかかった。人違いにしても、男の態度は一方的すぎて腹立たしい。

男のほうも千磨のパーカーの襟首を摑み、ずるずると引きずっていく。

「うわあっ、離せよ！」

身長も体格も劣《おと》る千磨は圧倒的に不利だ。

男に無理やり引きずられるようにして校門を出ると、大きな黒い車が停《と》めてあるのが目に飛び込んできた。

（べべ、べんつ!?）

栗ノ木村にはベンツに乗っている者などいなかった。隣町には黒いベンツに乗っている人がいたが、ヤのつく職業だともっぱらの噂《うわさ》だったことを思い出す。

「うわっ、ちょっと！」

男に後部座席に乱暴に押し込まれる。まるで荷物のような扱いだ。

座席に沈み込んだ体を立て直して逃げようとしたが、男が乗り込んできて退路を断つ。

ならば車道側のドアを開けて逃げるしかない。

「うわあああっ！」

ドアを開けようとするといきなり男が覆《おお》い被《かぶ》さってきたので、千磨は悲鳴を上げた。

「いちいち騒ぐな。シートベルトだ」

千磨の悲鳴に、男はうるさそうに顔をしかめた。

（んんっ!?）

車が滑らかに発車し、千磨は遅ればせながら運転席に誰かが乗っていることに気づいた。銀《ぎん》縁《ぶち》の眼鏡《めがね》をかけた若い男だ。

二対一では勝ち目がない。千磨はきゅっと身を縮め、隣の席の男を睨みつけた。

「婚約者とかわけわからん……あんたいったい誰なん？」

「俺はこういう者だ」

スーツの内ポケットから名刺《めいし》入れを取り出し、男が尊大な態度で一枚千磨に差し出す。

その態度にむっとし、千磨もお返しとばかりに名刺を片手で乱暴に受け取った。

「都屋《みやこや》百貨店、専務取締役、大安寺章吾《だいあんじしょうご》」

声に出して読み上げる。

（え、都屋百貨店て、あの都屋⁉）

都屋は全国展開している有名デパートだ。千磨でも名前を知っている。

「都屋が国内有数の企業グループであることは知ってるか」

「う、うん」

本当は知らなかったが、千磨はぎこちなく頷いた。

「グループのトップ、会長は俺の祖父である大安寺壮吉《そうきち》だ。俺はいずれ祖父の跡を継いで都屋グループを継ぐことになっている。だが十日ほど前に、急にじいさんが遠藤八千代《えんどうやちよ》の孫と結婚することが俺を後継者に指名する条件だと言い出した」

「遠藤八千代……？」

「お前の祖母だ」

ああ、と千磨は頷いた。父方の祖母、萩原八千代のことだ。遠藤は旧姓だから、とっさにぴんと来なかった。

「いや確かに遠藤八千代は俺のばあちゃんだけど……なんで都屋の会長さんがうちのばあちゃんのこと知っとんの？」

「俺もよく知らないが、どうやら昔の知り合いらしい」

（ばあちゃんがそんなすごい人と知り合いだったなんて……）

十年前に他界した祖母は、長年小学校の教師をしていた。そういえば東京の出身で、女子大学で学んだ才媛《さいえん》だったと聞いている。その頃に知り合ったのだろうか。

「なんでうちのばあちゃんの孫と結婚することが後継者の条件なん？　うち別に金持ちじゃないし、親戚《しんせき》に代議士とかもおらんけど」

「実に馬鹿《ばか》げた理由だ。占い師がそう言ったからだ」

「占い師!?」

思いがけない言葉に、千磨は素《す》っ頓狂《とんきょう》な声を上げた。

「占い師が言うたん？　遠藤八千代の孫と結婚するようにって？　だからって占い師の言うとおりに？　信じられん……」

章吾が前髪をかき上げ、大きく息を吐く。

「俺もじいさんの酔狂《すいきょう》には閉口《へいこう》している。しかし言い出したら聞かないから、説得するだけ時間の無駄《むだ》なんだ。とにかく早急に婚約したい」

「いやいやいや、ちょっと待て！　ばあちゃんの孫だからって、なんで男の俺が婚約者に……むぐっ」

ちょうど章吾のスーツの内ポケットで携帯電話が鳴り出した。章吾が千磨を黙《だま》らせるように大きな手で口を塞ぐ。

（こ、この……！）

「はい、大安寺です。先日はどうも」

仕事の電話らしい。千磨の口を塞いだまま、章吾は商談を始めた。

名刺の肩書きは嘘《うそ》ではないかと少々疑っていたが、話し方から察するにどうやら本当らしい。

千磨は口をもごもご動かし、章吾の手のひらの内側を前歯で嚙《か》んでやった。

「っ！　……ああいえ、なんでもありません」

章吾が一瞬顔をしかめ、千磨に嚙まれた手を軽く振る。

章吾の手から逃《の》れると、千磨はぷいとそっぽを向いた。

仕事の電話の邪魔《じゃま》をするほど子供ではない。なのに子供どころか犬か猫《ねこ》のように扱われ、腹立たしかった。

千磨が大人しくしているのを見て、章吾はそれ以上口を塞ぐような真似《まね》はせずに商談を再開させた。こんな強引なことをするわりには、電話ではまともに話している。

車はいつのまにか閑静《かんせい》な住宅街を徐行していた。立派なお屋敷がつらなっており、高級住宅街らしいことが窺《うかが》える。

「……はい。ではまた後ほど」

章吾が電話を終え、ぱたんと携帯電話を畳む音がする。

「もうすぐ着く。詳《くわ》しいことは家に着いてからだ」

「家!?　あんたの!?」

「他に誰の家に連れて行くというんだ」

二人が言い合っているうちに車は緩やかな坂道を上り、道路の突き当たりの大きな門扉《もんぴ》の前で一旦停車する。

車の中から操作しているのか、門扉が自動でゆっくりと開き始めた。

(おおっ！　す、すごい豪邸《ごうてい》……！)

車の窓に顔をくっつけんばかりにして、千磨は目の前に現れた大きな洋館に見とれた。まるで外国の映画に出てくるお屋敷のようだ。玄関の前には石畳《いしだたみ》の車回しがあり、その周囲には色とりどりの花が咲き誇《ほこ》っている。

千磨がお屋敷と庭に見とれている間に、車は静かに玄関の前に停車した。

「うわ……」

磨《す》りガラスをはめ込んだ瀟洒《しょうしゃ》な木製ドアが開いた途端《とたん》、千磨は思わずため息を洩《も》らした。

吹き抜けの大きな玄関ホールはちょっとしたホテルのロビーのようで、とても個人の家とは思えなかった。ホール中央には螺旋《らせん》階段があり、凝《こ》ったデザインの手すりが付いている。

「いらっしゃいませ」

紺色のワンピースに白いエプロン姿の年配の女性がやってきて、深々とお辞儀《じぎ》をする。

「あ、はい、あの、こんにちはっ」

慌てて千磨もぴょこんと頭を下げ、しゃがんでスニーカーの紐《ひも》を解《ほど》いた。

「靴《くつ》は脱がなくていい」

章吾に言われて、この家は完全な西洋式だということに気づく。

「小坂《こさか》さん、会長は?」

「まだお帰りになってません」

章吾と年配の女性のやり取りを聞いて、女性は章吾の母親ではなく家政婦らしいとわかった。

(お手伝いさんがいて、靴を脱がなくていいお屋敷……これがセレブってやつか……)

あまりの別世界ぶりに、千磨はだんだん抵抗する気力をなくしていった。

変な男だと思ったが、章吾は本物の御曹司《おんぞうし》なのだ。

(庶民《しょみん》はセレブの前では無力じゃ……)

「こちらへどうぞ」

眼鏡の男に導かれるままに螺旋階段を上り、深緑の絨毯《じゅうたん》が敷かれた長い廊下を歩く。

眼鏡の男と二人きりになったので、千磨は小声で尋《たず》ねてみた。

「あの、あなたは?」

「ああ、申し遅れました。私は専務の秘書です。永島未礼《ながしまみれい》と申します」

ドアを開けながら千磨をちらりと流し見て、男は名乗った。

少しつり上がった目がやけに色っぽくて、どきりとする。

(うわ、この人も結構……)

いきなり拉致《らち》されてあまり観察する余裕がなかったが、永島というこの秘書もかなりの美形だ。歳は二十代半ばくらい、身長は百七十センチほどだろうか。男っぽい章吾と違って線の細い中性的なタイプで、眼鏡を取ったら相当な美青年なのではなかろうか。

「お入り下さい」

永島に促《うなが》されて部屋に足を踏み入れると、誰かの寝室のようだった。広々とした部屋の中央にはセミダブルのベッドが置かれ、壁際《かべぎわ》にドレッサーが置いてある。

「これがいいと思います」

永島がウォークインクロゼットからハンガーに掛《か》けられた洋服を持ってきて差し出した。

「………?」

差し出された服を見て、千磨は首を傾《かし》げた。

水色のハイネックのワンピースは胸の下のところで白いリボンを結ぶようになっており、いかにも清楚《せいそ》なお嬢《じょう》様風だ。

女物のワンピースを差し出されて、意味がわからずに固まる。

「靴はこれが多分入るでしょう。あ、これ穿《は》いて下さいね」

永島がバレエシューズ風の白いパンプスと一緒に、袋に入ったままの新品のストッキングを差し出す。

「………あの、なんですかこれ」

それらの品を見下ろし、千磨はできるだけ感情を抑《おさ》えて尋ねた。

「ちょっと失礼」

永島は質問を無視し、千磨の足元《あしもと》にしゃがんでジーンズの裾《すそ》をまくり上げる。

「すね毛は……あ、ほとんど生えてないですね。これなら剃《そ》らなくて大丈夫《だいじょうぶ》でしょう」

「おい、着替えたか」

ノックもなしにドアが開き、章吾がずかずかと入ってきた。

「なんだまだ着替えてないのか。早くしろ」

あまりの異常事態に凍りついていた千磨は、章吾のそのセリフで一気に体温が上がって爆発した。

「まさか、まさか俺にこれ着ろとかいうんじゃ……っ！」

「お前以外に誰が着るんだ」

「なな、なんで俺が！　女のっ！　俺は……っ！」

怒りすぎて、言葉がもつれる。

「お前には、当分俺の婚約者のふりをしてもらう」

腕を組み、章吾が断定的な口調で告げる。

「婚約者のふりをして欲しい」とか「して下さい」ではなく、「してもらう」である。

かちんと来て、千磨は叫んだ。

「冗談《じょうだん》じゃない！　なんで俺があんたの都合に合わせなきゃならないんだ!?」

千磨が睨み上げると、章吾はふふんと鼻で笑った。

「断ってもいいんだぞ。……お前の姉の仕事がどうなってもいいならな」

（え……っ）

言葉を詰《つ》まらせた千磨を見下ろし、章吾が意地悪そうな笑《え》みを浮かべる。

「遠藤八千代の孫は二人だけだ。お前と、お前の姉」

章吾の口から姉のことが飛び出し、千磨はぎくりとした。

千磨には二つ年上の姉がいる。村一番の美少女と言われ、中学卒業と同時に芸能界入りしたが、五年経《た》った今も鳴かず飛ばずの女優だ。

「森亜里沙《もりありさ》、二十歳、女優。城南プロモーション所属。身長百六十四センチ、スリーサイズは八十、五十六、八十。趣味はお菓子作りとショッピング。本名、萩原八重《やえ》」

永島が慎重な手つきで袋からストッキングを出しながら、淡々《たんたん》と唱《とな》える。インターネットなどで公開されている姉のプロフィールだが、本名は非公開のはずだ。

背筋につうっと冷たい汗が流れる。

「こちらとしても、当然まず姉のほうに打診するつもりだったんだが」

章吾が思わせぶりに言葉を切って千磨の顔を覗き込む。

「萩原八重は日米合作映画への出演が決まって先週渡米したそうで、一足違いだった」

章吾の言うとおりだ。五年目にしてようやく大作映画の端役《はやく》がもらえることになり、千磨の入学式に出席してくれた後、ロスへと渡った。

固唾《かたず》を飲んで、千磨は章吾の言葉の続きを待った。

千磨の目をじっと見つめ、章吾がゆっくりと口を開く。

「日本に連れ戻《もど》そうかとも思ったんだが……お前の写真を見て気が変わった。お前のほうが姉より都合がいい」

「なんで」

「女だと、俺に惚《ほ》れるからな。その気になって結婚を迫られたりしたらかなわん」

（うわー……最悪）

自信満々に言い切る章吾に、千磨は眉をひそめた。

「専務は都屋グループの跡取りですからね。玉《たま》の輿狙《こしねら》いの女性たちに辟易《へきえき》されているんですよ」

永島がフォローする。

「うちの姉ちゃんは男を金とか地位とかで選んだりしない！」

まるで姉も玉の輿狙いの一人のように言われて、千磨はむっとして吐き捨てた。

「俺は金や地位がなくてももてる。もてすぎて困ってるくらいだ」

章吾もむっとしたように眉を寄せ、金と地位だけではないことを主張する。

確かに章吾は誰が見ても〝いい男〟だろう。背は高いし顔はいいし、おまけに声までいい。

章吾はベッドの傍《そば》に置かれた肘掛《ひじか》け椅子《いす》に座り、優雅な仕草で長い脚を組んだ。

「お前の姉は十五のときに芸能界入りしたそうだな。テレビドラマの主役オーディションで準グランプリ受賞、主役のライバル役でデビュー。その後もドラマや映画に出演するが、所属事務所にあまり力がないこともあって端役ばかりだ。五年経った今も、ほぼ無名に近い」

章吾の言うとおりだ。千磨は俯《うつむ》いて唇を噛み締めた。

姉は千磨から見ても十分に美人だが、芸能界でやっていくには今ひとつ存在感が足りなかった。顔かたちは整っているが、華《はな》がないのだ。それは本人も重々承知しており、それを補うために演技の勉強をして人一倍努力している。

今度の映画は、厳しいオーディションを勝ち抜いてようやく摑んだチャンスだ。主人公たちの行きつけのカフェバーのウェイトレスという端役ではあるが、物語の中で大きな鍵《かぎ》を握《にぎ》る人物で、セリフや出番も多い。

姉にとって、今後の仕事に繫《つな》がるかもしれない重要な役だ。

「森亜里沙が出演する日米合作映画の筆頭スポンサーは都屋フードサービス。都屋グループの外食産業部門だ」

「………脅《おど》してるのか」

それには答えず、章吾は唇の端を持ち上げて人の悪そうな笑みを浮かべた。

唇を嚙み、千磨は章吾を睨みつけた。

――スポンサーの意向は絶対だ。そのことは千磨もよくわかっている。

(でも、だからって婚約者のふりなんて……)

「とりあえず着替えましょう。サイズが合っているかどうか心配なので」

千磨と章吾の間の険悪《けんあく》な空気をものともせず、永島が千磨のパーカーを剝《は》ぎ取る。

「え、ちょっと……っ」

中に着ていたTシャツも首からすぽんと抜かれ、上半身を裸にされてしまった。

「待って、え、うわっ！」

ジーンズのベルトを外され、千磨は慌てて永島の手を摑んだ。しかし永島の手はあっさりとファスナーを下ろす。

「ふーん……ずいぶん細いな。お前の姉より華奢なんじゃないか？」

「う、うるさい、ふがっ」

章吾の揶揄《やゆ》に言い返そうとすると、頭からすっぽりと白いスリップを被せられた。繊細《せんさい》なレースがふんだんに使われており、胸の部分にはごく薄いパッドが入っている。

千磨が驚いて口をぱくぱくさせているうちに、水色のワンピースも被せられる。

「もうワンサイズ下にするべきでした。こんなに細いと思わなかったもので」

胸の下のリボンを結びながら、永島が更に千磨のプライドを粉々にする。千磨は瘦《や》せているだけでなく元々の骨格が華奢で、そのことは密《ひそ》かに気にしているのだ。

「ここに座って下さい」

永島が千磨の肩を押し、ドレッサーの前の椅子を引く。

「え、まさか化粧するのか？」

「当然です」

抗《あらが》おうとした千磨は、考え直して自らどっかり脚を広げて椅子に座った。腕を組み、軽く顎《あご》を反《そ》らす。化粧してみて女に見えなかったら章吾も諦《あきら》めるだろう。

「学芸会レベルならまだしも、婚約者のふりなんか無理に決まってる。絶対ばれるって。絶対無理だろ」

千磨が「絶対無理」を繰り返している間に、永島が千磨の髪を梳《と》かし、前髪をねじって器用にヘアクリップで留める。

顔に覆い被さっていた前髪を留めただけで自分でもぎょっとするくらい女の子っぽくなって、千磨は内心焦《あせ》った。

「あまり化粧しなくてもいけそうですね」

千磨にはなんなのかさっぱりわからないが、永島は粉や筆やらを駆使《くし》してあっという間に千磨を女の子に変身させてしまった。

鏡の中の少女を見つめ、千磨は眉間《みけん》にしわを寄せた。

姉に似た……いや、中性的な顔立ちの姉よりもむしろ女の子らしいかもしれない。

ワンピースの胸のあるかないかの微《かす》かな膨《ふく》らみが、千磨の少女めいた容貌に妙なリアルさを添えている。

「へえ……これは驚いたな。どこから見ても女の子だ」

章吾が椅子から立ち上がり、感心したように呟《つぶや》いた。

章吾のセリフにも言い返せないくらい、千磨は自分の女装姿のあまりの完璧さにショックを受けていた。今まで散々可愛いと言われ続けてきたけれど、いくらなんでも女のふりは無理だろうと思っていたのだが……。

「使い物にならなかったらどうしようかと思っていたが、これなら十分いけるな」

「ええ、完璧です。写真を見てメイク次第《しだい》でいけるだろうと思ってましたが、実際にお会いしてみて安心しました。本物の女性でもこれほどの素材はなかなかいませんよ」

「よし、これで決まりだな」

「服や靴のサイズもわかったので早急に用意します。喉仏がほとんど目立たないので襟の開いた服でも大丈夫ですね」

頭上で交わされる会話に、千磨は勢いよく立ち上がって振り向いた。

「ちょっと待て！　勝手に決めるな！」

「俺はやると決めたことは絶対にやり遂げる主義なんだ」

見下ろす章吾と目が合う。章吾の目は笑っていなかった。

「あーそう。ほんなら勝手にやってて。俺は知らん。こんな茶番、つき合っとられんわ」

千磨も負けじと章吾を睨みつける。

「婚約披露《ひろう》パーティーの会場はもう押さえた。三ヶ月後だ。その席でお前を俺の婚約者の〝萩原八重〟として紹介する」

「は？　ちょっと、人の話聞いてんのか⁉」

勝手に話を進められ、千磨は章吾のスーツに摑みかかった。

「婚約した時点で、じいさんには俺を後継者に指名すると約束させる。婚約さえすればあとはのらりくらりと結婚を延期すればいい。それまでの間、婚約者のふりをするだけでいいんだ」

「断る!」

「もちろんただとは言わない。謝礼は弾む。割のいいバイトだと思えばいい」

章吾の傲慢《ごうまん》な物言いに、千磨はぎりぎりと歯を剝《む》いた。

「誰がこんなバイトなんか!」

「お前の姉のことを考えたら、この申し出は断れないはずだが? 俺がその気になれば、映画を降板させることなど簡単だ」

「……っ!」

それを言われると返す言葉がない。

千磨の瞳に戸惑《とまど》いの色が浮かぶのを、章吾は面白《おもしろ》そうに見守った。

「お前は言われたとおりにすればいい。そうすれば、悪いようにはしない」

章吾の大きな手が伸びてきて、千磨のほっそりした顎を持ち上げる。

振り払おうとすると、片手で両頰《ほお》をがっちりと摑まれてしまった。暴れるほどに、頰に章吾の指が食い込んで痛い。

(く、くっそお……っ)

社会的地位や財力だけでなく、腕力《わんりょく》でも到底敵《かな》いそうにないのが悔《くや》しい。

「一週間だけ時間をやろう。その間に荷物をまとめてここへ来い」

「……そんな、自分のおじいさんをだますようなことして恥《は》ずかしくないのかよっ」

「俺はじいさんの提示した相続条件に従っただけのことだ」

「だけど、こんな、人を脅すような真似をしてまで……っ」

「もう時間がない。俺は社に戻らなきゃならないんだ」

章吾が頬を摑んでいた手を急に離し、千磨はよろめいた。体勢を立て直したときには、章吾はもう背を向けて部屋を出ていくところだった。

「永島、こいつを家まで送ってやれ。俺は先に社に戻る」

「はい」

部屋を出ていこうとした章吾が、ふと立ち止まった。振り返って、鋭い目つきで千磨を見下ろす。

「お前は茶番だと言うが、俺は本気だ。本気でこの茶番をやり遂げ、成功させる」

――章吾の険《けわ》しい目に、千磨は背筋がぞくりとした。

「お、俺は協力せんからな！　こんな人だますようなこと、絶対やらん！」

千磨は章吾の後ろ姿に向かって叫んだが、章吾は振り返ることなく去っていった。


黒いベンツが入り組んだ路地へと入り、年季《ねんき》の入った木造二階建てのアパートの前に停まる。

家賃を節約するために姉と一緒に住みたかったのだが、八重は所属事務所の寮住まいが義務づけられており、叶《かな》わなかった。そこでなるべく安いアパートをと探し回って見つけたのがここ、築四十年近い若葉荘《わかばそう》だ。

（格差社会の縮図じゃ……）

風呂なし共同トイレ、四畳半一間に押し入れと簡単な流しのみという昭和の香り漂うボロアパートは、千磨がさっきまでいた豪邸とあまりに違いすぎる。

永島が運転席から降りて後部座席のドアを恭《うやうや》しく開ける。この秘書は、ボロアパートの前でも澄《す》ました顔で態度を崩《くず》さなかった。

千磨にどこに住んでいるのか尋ねることもなく若葉荘に送り届けてくれたので、あらかじめ調査済みだったのだろう。

「送ってくれてありがとうございます。……あの」

車から降りて、千磨は永島の顔を見上げた。ごくりと唾《つば》を飲み込み、気になっていたことを口にする。

「……まさか本当に、姉の仕事に圧力かけたりしませんよね？」

永島が、銀縁のフレームを指で押し上げる。

「あなたのお返事次第では、そういうこともあり得るでしょうね」

「でも、そういうのって許されると思います？　弱みを握って脅すなんて、人として……っ」

「私には、専務の人間性にまで口を挟《はさ》む権限はありませんので」

特に表情を変えることなく、永島は淡々と言った。

「すべてはあなたのお返事次第です」

返事次第という点を念を押すように強調され、千磨は黙り込んだ。くるりと永島に背を向け、アパートへ向かう。

「ここの家賃はおいくらですか」

共同玄関のがたついた引き戸を開けた千磨に、永島が問いかける。

ちらりと振り向いて、千磨は無言で永島を睨みつけた。

(どうせ知っとるくせに)

家賃は管理費込みで三万円だ。

「引き受けて下さったら、部屋をご用意しますよ。専務の家には部屋があり余ってますから。卒業まで無償《むしょう》で提供するとのことです」

(あいつの家!? 冗談《じ》じゃない!)

引き戸をぴしゃりと閉め、千磨は乱暴にスニーカーを脱ぎ捨てた。

2

章吾に拉致された日の翌朝、千磨は初めて姉に国際電話をかけることにした。

章吾の件を姉に相談したかったのだ。本当は帰宅してすぐにかけたかったのだが、時差を計算して朝まで待つことにした。

目を閉《と》じてもあの忌々《いまいま》しい傲慢な男の顔が瞼《まぶた》に甦《よみがえ》り、夕べはほとんど眠れなかった。

(俺や姉ちゃんの知らんところで勝手に調べまわってからに、ほんま気分悪いわ……)

布団《ふとん》に仰向《あおむ》けになり、千磨は古びた天井の板の目を見つめた。

(うちの事情も知っとんじゃろうな……)

八年前、千磨は事故で両親を亡《な》くしている。当時十歳だった千磨と十二歳だった八重の姉弟は、同じ村に住む父方の叔父《おじ》夫婦に引き取られた。

椎茸《しいたけ》農家を営む叔父夫婦には子供がなく、叔父も叔母《おば》も千磨たち姉弟を可愛がってくれたのだが……椎茸栽培《さいばい》を始める前に叔父は一度事業に失敗して借金があり、経済的には少々苦しい状態だった。

それでも叔父夫婦は嫌な顔ひとつせず、千磨たちを育ててくれた。千磨と八重も学校から帰ると家の畑を手伝ったりしたものだ。八重が高校に進学せずに芸能界入りを希望したのも、早く自立して叔父夫婦の負担にならないようにしたいとの思いがあったからだ。

一年前に叔父はようやく借金を完済し、椎茸栽培も順調に業績を伸ばし始めたのだが、千磨は当初大学には進学せずに家業を手伝うつもりでいた。

『千磨は成績もええんじゃし、大学に行ったほうがええ。費用の心配はせんでも、兄貴がちゃんと貯金を残してくれとる』

高校三年生になったとき、叔父はそう言って進学を勧《すす》めてくれた。死んだ父が残した貯金を、千磨の進学資金にと手を付けずに取っておいてくれたのだ。

本当は千磨も大学に行きたいと思っていた。栗ノ木村から出て、外の世界の空気を吸ってみたかった。

悩んだ末に叔父夫婦の言葉に甘えて進学することにした。地元岡山の大学を志望していたのだが、担任に勧められて慶明大学も受験した。成績優秀者には授業料を免除《めんじょ》する特待生制度があり、千磨なら受かると言われたのだ。

かくして慶明大学の特待生に合格し、叔父に、どうせ進学するなら東京の有名大学に行ってこいと背中を押された。

(入学してたった二週間で、なんでこんなことに……)

栗ノ木村の叔父夫婦に相談することも考えたが、こんな面倒な話を持ち込んで二人の手を煩《わずら》わせたくなかった。

時計を見て時差を確認し、千磨は姉の携帯番号に電話をかけた。

『千磨？　どしたん？』

十回のコールの後、八重の声が聞こえてきてほっとする。

「いやあの、元気かなー思うて。今ええ？」

『ええよ。今ちょうど撮影の待ち時間で暇《ひま》だったんよ』

「そうなん？　もう撮影って結構進んどん？」

『進んどるよー。あ、こないだ監督に主演の女優さんとかと一緒にご飯食べに連れてってもらったんよ。それがすごい素敵《すてき》なチャイニーズ・レストランでなあ』

八重の明るく弾んだ声から、仕事が順調そうな様子が伝わってくる。

姉がこんなに楽しそうに話すのを、千磨は久しぶりに聞いた。なかなか芽が出ず、もう女優は諦めて岡山に帰ろうかとぼやいていた時期もあったので、千磨としても嬉しい。

『それでな、この映画に出ることが決まってから事務所のほうに問い合わせが来るようになって、来年クランクインする映画で結構いい役もらえることになったんよ』

「え、ほんまに？　よかったなあ」

姉はこれを機に名前を売りたいと言っていたが、着実に成果を上げているようだ。

弟のひいき目かもしれないが、千磨は常々姉はもっと評価されてもいいと思っていた。美人でスタイルもいいし、演技力もある。ようやくそのときが来たのだ。

――お前の姉の仕事がどうなってもいいのか。

章吾の声が耳の奥に甦る。

『千磨はどう？　大学もう慣れた？』

「……え？　あ、うん」

千磨は章吾の脅しの件を口にするのをためらった。

（……言えん。姉ちゃんに余計なこと言うて、心配させとうない）

適当に相槌《あいづち》を打ち、千磨は「仕事頑張って」と言って電話を切った。

◇◇◇

（うーん……あんまり条件いいのないなあ）

大学の帰り道、最寄《もよ》り駅の構内に置いてある無料のアルバイト情報誌をぱらぱらとめくり、千磨はため息をついた。

それでも一応一冊もらって帰ることにして、丸めてトートバッグに突っ込む。

昨日初出勤だった塾講師のアルバイトは、無断欠勤でさっそくクビになってしまった。

章吾に拉致されたとき、すぐに欠勤の連絡を入れればよかったのだが、あまりの出来事に驚き、振り回されているうちに、バイトのことが頭からすっかり抜け落ちていた。

アパートに帰ってから思い出し、慌てて電話して謝ったが、塾長はカンカンで取りつく島もなかった。

(そりゃそーじゃ。あれは俺が悪かった)

時給が高くて条件のいいバイトだったが、仕方がない。

学生課のアルバイト募集掲示板もチェックしたのだが、勤務場所、勤務時間などの条件が希望に合うものはなかった。

駅からアパートまでの道をとぼとぼ歩いていると、姉の仕事のこと、章吾の言っていたことがぐるぐると頭の中で渦巻《うずま》く。

(どうしょう……一週間時間やる言うとったから、いきなりは姉ちゃんの仕事に圧力かけたりせんじゃろうけど)

狭《せま》い路地に入ると若葉荘が見えてくる。夕暮れどきの若葉荘は、よりいっそうみすぼらしい。

共同玄関の引き戸を開けると、郵便受け兼靴箱がずらりと並んでいる。住人はここで靴を脱いでスリッパに履《は》き替えるのだ。

二〇一号室の靴箱を開けようとして、千磨はぎょっとした。

(今なんか、がさがさって音せんかったか？)

ゴのつく黒いあいつだろうか。おそるおそる、千磨は靴箱を開けた。

「うわ!?」

思わず大声を出してしまい、慌てて自分の口を両手で塞ぐ。

黒い毛の固まりが、千磨のスリッパの上に丸まっていた。

「にゃー」

黒い何かが振り向いて小さく鳴く。

「うわ、びっくりした、仔猫《こねこ》か」

生後二ヶ月くらいだろうか。毛は生えそろっているが、まだ体が小さい。

両手ですくい上げるように持ち上げると、仔猫はもう一度にゃあと鳴いた。

(かっ、可愛え……っ)

全体に黒いのだが、首の周りと尻尾《しっぽ》だけ中途半端に毛が長く、足の先と顔の一部に白い斑《まだら》がある。白斑《はくはん》の入り方が見ようによっては滑稽《こっけい》で、横に広がった顔と相まって見事に不細工《ぶさいく》な仔猫だ。

猫は美麗《びれい》でも不細工でも可愛い。千磨は一目でこの仔猫を気に入ってしまった。

(野良《のら》猫か迷い猫……?)

その可能性は低い。鍵付きではないが靴箱には一応扉が付いており、仔猫が自分で開けて入ったとは思えない。

それに野良にしては毛並みが綺麗《きれい》だ。このアパートはペット禁止だが、誰かがこっそり飼《か》っているのだろうか。

とりあえず履き替えようと靴箱からスリッパを出すと、ひらりと白い紙が落ちてきた。屈《かが》んで拾い上げると、大きなフォントで何やら印字されている。

『うちで飼えなくなりました。誰か面倒見てやって下さい。健康診断、ワクチン接種、トイレのしつけ済み』

「……なに⁉」

やはり捨て猫だった。無責任な飼い主に怒りがこみ上げる。若葉荘の共同玄関は鍵が付いていないので、勝手に入って一番手前にある千磨の靴箱に入れていったのだろう。

仔猫が千磨を見上げて、甘えるように指にちゅぱちゅぱしゃぶりつく。

「よし、俺がお前を飼ってくれる人を探しちゃる！」

その愛らしい仕草に思い切りほだされ、千磨は力強く宣言した。

◇◇◇

若葉荘には一階と二階にそれぞれ四部屋、計八部屋ある。しかし今入居しているのは千磨を含めて三人だけだ。今どき風呂なし共同トイレのこの物件は滅多《めった》に入居希望者がおらず、半分以上空き部屋になっている。

幸い千磨は二階の角部屋で、隣は空室なので仔猫の声を聞かれる心配はなさそうだ。

千磨が仔猫を拾って三日目。まだもらい手は見つかっていない。大学でも顔見知りに仔猫を飼える人がいないかどうか聞いてみたのだが、軒並《のきな》み断られてしまった。

近所のスーパーの情報掲示板にも飼い主募集のチラシを貼《は》らせてもらったのだが、いまだに一件も問い合わせがない。

(飼い主見つからんかったらここでこっそり面倒を見て、夏休みに栗ノ木村に連れて帰ろう)

いい飼い主に巡り会えないのなら、それが一番いい気がする。叔父夫婦なら可愛がってくれるだろう。千磨は仔猫に情が移りつつあった。

「ほら、晩飯《ばんめし》だぞー」

皿にキャットフードを入れて仔猫を呼び寄せる。ドライフードをちらりと見て、仔猫はまたかという顔をした。前の飼い主がどういう餌《えさ》を与えていたのかわからないが、どうやらこの特価品のフードはあまり好きではないらしい。

「ぜーたく言うなよ。俺なんかもやし飯だぞ」

もやし飯は千磨のオリジナル料理だ。もやしを醤油《しょうゆ》とごま油で炒《いた》め、卵でとじてご飯の上に載せるだけの節約レシピである。あまり美味《おい》しいものでもないが、しらす干しをふりかけるとまあまあいける。

授業料は免除なので家賃と光熱費、食費と少々の生活費でやっていけるのだが、千磨はなるべく父の残した貯金を減らしたくなかった。自分だけでなく、姉のものでもあるからだ。叔父夫婦からの仕送りは一切《いっさい》断っており、生活費はアルバイトで稼《かせ》ごうと思っている。

「バイトもはよ探さんとなあ」

箸《はし》をとめて物思いにふけっていると、ドアをノックする音が聞こえた。

「はいー？」

ここに訪ねてくる人など滅多にいない。おおかた新聞の勧誘《かんゆう》とかそういった類《たぐい》だろう。

「大家《おおや》の若林《わかばやし》ですけどー」

ぎょっとして、千磨は立ち上がった。

「はいっ、ちょっと待って下さいっ」

渋々《しぶしぶ》ドライフードを食べている仔猫を抱き上げて、寝床用の段ボール箱に入れる。

「いいか、静かにしとれよ、絶対鳴くなよ」

小声で仔猫に言い聞かせ、餌の皿も一緒に入れて蓋《ふた》を閉め、押し入れに入れる。

「お待たせしましたっ」

ベニヤ板が剝《は》がれかけたドアを開けると、初老の若林夫人が微妙な笑顔を浮かべて立っていた。

「夜分にごめんなさいね。あの……実はちょっとお話があるの」

白髪《しらが》交じりの髪を無造作《むぞうさ》に束《たば》ねた大家は、廊下の薄暗い螢光灯《けいこうとう》の下で見るせいか、ひどくやつれて見える。

（なんじゃろう。まさか猫飼っとんのばれたとか？）

大家の勿体《もったい》をつけた切り出し方に、千磨はごくりと唾を飲み込んだ。

「急な話で悪いんだけど……このアパート、取り壊すことにしたの」

「……ええっ⁉」

予想外の話に、千磨は驚いて声を上げた。

「いえね、私もまだまだ取り壊すつもりはなかったんだけど、とってもいい条件でここを買って下さるってかたがいてね。萩原さんは入居したばかりでほんと申し訳ないんだけど……でもここも老朽化《ろうきゅうか》がひどいし……」

「いつ取り壊すんですか」

大家がぐだぐだと言い訳し始めたのを遮《さえぎ》り、千磨は急《せ》き込んで尋ねた。

「できるだけ早い時期に……遅くとも来月には退去していただきたいの。萩原さん以外の店子《たなこ》さんは皆さん承知して下さいました。あとは萩原さんだけなんですけど……」

「そんな、俺今月入居したばかりですよ。急に言われても困ります」

「もちろん敷金と礼金は全額お返ししますよ」

「ちょっと待って下さい。そういうのって確か、何ヶ月か前に通達する義務とかあるんじゃないですか」

千磨が反論すると、大家は突然「ううっ」と呻《うめ》いてはらはらと涙《なみだ》を零《こぼ》した。

「え、あ、あの……」

エプロンの裾で涙を拭《ぬぐ》う大家に、千磨は強く言いすぎただろうかと反省する。

「うちも大変なの……主人は半年前にリストラされて無職だし、あたしが働こうにもおじいちゃんは介護が必要だし、実はサラ金にも多額の借金が……」

さめざめと泣く大家を、千磨はそれ以上責めることはできなかった。

（でも、俺だってこれからどうすれば……）

「にゃー」

深刻な空気の中、押し入れから間延《まの》びした声が漏《も》れた。

大家がぴくっと反応し、嗚咽《おえつ》を中断する。あまりのタイミングの悪さに千磨は頭を抱《かか》えた。

「にゃおにゃおにゃお！」

空耳ですよ、とはごまかせないくらい、仔猫は盛んに鳴き始めた。

大家が千磨をじっと見上げる。大家の目に勝ち誇ったような色が浮かぶのを、千磨は見逃さなかった。これは非常にまずい状況だ。

「猫飼ってるのね……」

「いやあの、拾ったんですけど、今飼い主を探しているところでっ」

「規約違反ね……」

それを言われては、千磨も返す言葉がない。ペット禁止のアパートに猫を持ち込んでいるのは事実だ。飼い主を見つけるまでの間だけ、という言い訳は通用しない。

「……すみません」

千磨は深々と頭を下げた。

「規約違反だけど……今回は目をつぶるわ。本当は規約違反だけど……」

規約違反という言葉を繰り返し、大家は千磨に言外《げんがい》のプレッシャーを与える。こうなると、千磨のほうもアパート退去の通達義務について強く言えない。

「じゃあ、あたしはこれで失礼します。引っ越しの日時が決まったら知らせてね」

(そんな……)

呆然《ぼうぜん》と立ち尽くす千磨に、大家はちらっと振り返ってとどめを刺《さ》すように言った。

「近所にペットを飼えるアパートもあるわよ……家賃はここの三倍だけどね……」

大家が軽やかに階段を下りていき、千磨はその場にがっくりと膝《ひざ》をついた。

(どうしょう……どうすりゃあ……)

「にゃおー、にゃおー！」

仔猫の不安そうな鳴き声にはっとして、押し入れを開けて段ボールを取り出す。

「ごめんごめん。もう出てきてええよ」

仔猫を箱から出して畳《たたみ》の上に置くと、安心したように千磨の膝にすり寄ってくる。膝の上に抱き上げて撫《な》でると、喉をごろごろ鳴らして甘えてきた。

こういう場合、大家の通達義務違反を糾弾《きゅうだん》し、撤回《てっかい》させることは可能なのだろうか。猫の件を棚に上げるにしても、どこかへ相談するなり訴えるなりするには時間も手間もかかりそうだ。大家との関係もこじれて面倒なことになるだろう。

大家が敷金礼金を全額返すと言っているうちに、さっさと承諾《しょうだく》してしまうのが得策かもしれない。現に、千磨以外の店子は退去を承諾している。

いずれにせよ、取り壊しが決まっているならここには居られない。さっさと次のアパートを探したほうがよさそうだ。

(だけど……どこへ?)

大学からまあまあ近くて、家賃がここと同じくらいの物件があるだろうか。

(いや、今度はペット可の物件を探さんといけんから、五、六万出しても無理かも……)

——引き受けて下さったら、部屋をご用意しますよ。

永島の声が、耳の奥で繰り返し鳴り響く。

仔猫が千磨の手からするりと抜け出し、とことこ歩いて畳の上に広げたままの映画雑誌の上で立ち止まる。

仔猫が小さな足で踏んでいるのは、姉の出演する日米合作映画の紹介ページだ。小さいながら姉の写真も載っている。

三センチ四方のフレームの中で、姉がきらきらと輝くような笑顔を見せていた。

(姉ちゃん……)

――簡単なことだ。千磨が章吾の婚約者のふりを引き受ければ、姉は仕事を妨害されず、千磨の住居も確保できる。

脱ぎ捨ててあったジーンズのポケットを探《さぐ》り、くしゃくしゃになった名刺を取り出す。

(仔猫のことは頼んでみよう……)

意を決し、千磨は名刺に書かれた携帯番号に電話をかけた。

3

大家が訪ねてきてから二日後、早くも千磨の引っ越しが決行された。

――あの晩章吾に電話をかけると、「会議中だから後でかけ直す」と素っ気なく切られてしまった。もしや状況が変わり、自分はもう必要なくなったのでは……と不安な気持ちを抱えて待つこと三十分、永島から電話があり、事務的な口調で引っ越しの日時を指定された。

『では明後日《あさって》の午前九時にそちらに着くように引っ越し業者を手配します。家具、電化製品などはこちらで用意しますので、すべて処分してきて下さい』

『あ、あの、ひとつお願いがあるんです』

用件だけ伝えて電話を切ろうとした永島に、千磨は仔猫を一匹飼わせてもらえないだろうかと頼んだ。

『構いませんよ。専務のお宅にも猫が何匹かいますし』

仔猫を連れて行けることになり、千磨は心底ほっとした。先日拉致されたときは猫がいることに気づかなかったが、あれだけ広大な屋敷なのだから無理もないだろう。

昨日は入学以来初めて大学を休んで引っ越しの準備をした。

家具や電化製品はほとんど持っていなかったが、リサイクルショップで買った冷蔵庫と炊飯器、こたつは購入した店に電話して引き取りに来てもらった。布団は実家に送り返し、千磨の荷物は衣裳《いしょう》ケースが三つと段ボール箱三箱、それに仔猫一匹というコンパクトな量になった。

大家は千磨が出ていくと伝えると気味が悪いほど上機嫌《じょうきげん》になり、約束どおり敷金礼金と、今月分の家賃まで丸々返してくれた。その上「不要品は置いていっていいわ。あたしが処分するから」と言って片付けを手伝ってくれさえした。

叔父夫婦にはなんと話すか迷ったが……アパートが取り壊されることになり、大学の先輩が下宿させてくれることになったと言うと、すんなり信じてくれたようだった。

(これから俺、どうなるんじゃろ……)

永島が手配してくれた引っ越し業者のトラックの助手席に乗り込み、膝の上の仔猫が入った段ボールをしっかりと抱える。

もう引き返せない。こうなったら婚約者のふりでもなんでもやるしかない。

割のいいアルバイトだと思うことにして、千磨はトラックに揺られながら大安寺邸の門をくぐった。


屋敷に着くと、出迎えてくれたのは永島だった。

「お部屋にご案内します」

永島が千磨を案内したのは、先日千磨が着替えさせられたあの寝室だった。

「……ここ⁉」

「そうです。何かご不満でも？」

「いや……」

部屋は広くて専用のバスルームまで付いている。先日来たときにはなかった机も運び込まれており、その上にはパソコンまで置いてある。エアコンもあるしベッドはセミダブルサイズだし、若葉荘の四畳半とは比べものにならないくらい快適な空間だ。

ただし、カーテンやベッドカバーはピンクを基調にした女の子らしい柄で、白いドレッサーの前にはずらりと化粧品が並んでいるのだが……。

(仕方ない……俺はここに婚約者のふりをするために来たんじゃ……)

ぴくぴくと頰を引きつらせ、千磨は仔猫の入った段ボールをそっと床に下ろした。仔猫は呑《のん》気《き》にぐっすりと眠っている。

「その衣裳ケースはクロゼットにしまって下さい。外出時は仕方ないですが、普段家の中では必ずこちらが用意した服を着るように」

永島がウォークインクロゼットの扉を開ける。

色とりどりの女物の洋服に、覚悟してきたとはいえ、千磨はくらりと目眩《めまい》がした。

「来たか」

開け放したドアから章吾がずかずかと入ってくる。今日も嫌味なくらいにスーツ姿が決まっていた。

(できれば二度と会いとうなかったわ……)

千磨は恨《うら》めしげに長身の男を見上げた。

「ま、悪いようにはしないさ。姉の件は安心していい」

偉そうに腕を組み、勝ち誇ったように言うのが気に入らない。婚約者のふりを引き受けたのだから、感謝の言葉くらいあってもいいのではないか。

(こいつにそういうのを期待するだけ無駄か……)

千磨も黙っていようかと思ったが、義理堅い性格ゆえ黙っていられなくて、そっぽを向いて小さく「お世話になります」と呟いた。

そんな千磨を、章吾が面白そうに見下ろす。

「……あのさ、俺はどうすればいいの？　女の服着てここにいればいいのか？」

まさかここに来ることになるとは思わなかったので、千磨はいまだ〝婚約者のふり計画〟の全貌《ぜんぼう》が見えていなかった。

章吾が寝室のドアをゆっくりと閉める。

「大安寺家には代々花嫁修業の伝統がある。大安寺家に嫁入りする女性は、結婚前に大安寺家に来て我が家の流儀や作法を学んでもらうことになっている。家が近ければ通いでもいいんだが、お前は岡山在住ということになってるから、じいさんに話して住み込みで花嫁修業をする許可をもらった」

「ふーん……ま、本当に結婚するわけじゃないし、その花嫁修業ってのは実際にはしなくていいんだよな？」

「いや、婚約披露パーティーまで、きっちり修業してもらう」

「なんで？」

「なんでもくそもあるか。大安寺家の御曹司の婚約披露パーティーだぞ。一流ホテルの大広間で盛大にやるんだ。山から下りてきたばっかりの野生の猿《さる》みたいなのをそのまま客の前に出せるか」

「な、なにぃ!?」

失礼な言葉に、千磨は顔を真っ赤にして章吾のスーツの襟に掴みかかった。

「そういうところが猿なんだよ」

章吾が千磨のトレーナーの襟首を掴んで引き剥がす。

「俺はなあ、栗ノ木村では品行方正で通っとったんじゃ！　高校じゃ栗ノ木村の、お、王子て言われとったんぞ！」

猿呼ばわりされたことなど初めてで、千磨はついむきになってしまった。王子と呼ばれるのは気恥ずかしかったが、内心ちょっと自慢《じまん》に思っていたのだ。

章吾がふふんと鼻で笑う。

「王子？　猿山の王子か？」

「ちげーよ！」

悔しくて、千磨は地団駄《じだんだ》を踏んだ。章吾のような都会のセレブから見たら、自分が世間知らずの田舎者なのは重々承知している。だからこそ、からかわれて腹が立った。

「パーティーまでには人間になってもらわないとな。花嫁修業の講師は代々姑《しゅうとめ》がやるもんなんだが、俺の母親はいない。外部から講師を呼ぶことも考えたが、お前が男だとばれては元も子もない。そこで今回は永島に講師をやってもらうことにした」

「え？　永島さんが？」

振り向くと、永島が澄ました顔で眼鏡のフレームを押し上げた。

「私の母は大笠原流礼法の師範《しはん》です。幼い頃より母に厳しく鍛《きた》えられてきましたし、茶道、華道、書道の免状も持っております。料理や裁縫も得意です」

永島の目が、眼鏡の奥できらりんと光る。

（う……っ）

永島の迫力に気圧《けお》され、千磨は思わず後ずさった。

婚約者のふりと言ってもせいぜい女装してにこにこ笑っていればいいだろうくらいに考えていたので、予想外の花嫁修業命令にたじろぐ。

「これ以上の適任はいないと思うぞ。永島にしっかりしごいてもらえ、仔猿」

「いてっ！」

章吾にばしんと背中を叩かれて、千磨は前につんのめった。

（こ、このやろーっ！　見とれよ、完璧なご令嬢に化けてやるからな！）

ぎりぎりと奥歯を噛み締めて心に誓《ちか》う。

「さて、それじゃあ誓約書《せいやくしょ》にサインしてもらおうか」

章吾がスーツの内ポケットから折り畳んだ紙を取り出して広げた。

「誓約書？」

「アルバイトの契約書みたいなもんだ」

誓約書を受け取って目を通す。千磨に支払われる報酬《ほうしゅう》や住み込みの条件、この件は決して口外しないことなどが箇条《かじょう》書きになっていた。

七月二十日の婚約披露パーティーまでの手当は日給一万円、無事婚約披露パーティーを終えた時点で報酬五十万円、会長が章吾を後継者指名するよう遺言書を書き換えた時点で成功報酬五百万円。

「ご、ごひゃくまん⁉」

驚いて声を上げると、章吾が淡々と言った。

「不満なら上乗せするが」

「いや……」

章吾のような金持ちにとっての五百万円の価値はどれほどのものか知らないが、千磨にとってはとんでもない大金だ。住み込みの間の家賃や食費は無料で、望めば卒業まで住居を無料提供、その上成功報酬が五百万円など、どう考えてももらいすぎのような気がする。

「ま、それはあくまで成功報酬だ。成功するようにせいぜい頑張ってくれ」

金額に呆然としていた千磨は、黙ってこっくりと頷いた。

お金が目当てで引き受けたわけではないが、これだけあれば生活はかなり楽になる。栗ノ木村の実家の修繕《しゅうぜん》もできそうだ。

真新しいデスクの上で、千磨は誓約書にサインした。

「これで契約成立だな」

章吾が誓約書を受け取って丁寧《ていねい》に折り畳み、内ポケットにしまう。

「この家にあるものはなんでも好きに使っていい。必要なものがあればこちらで用意する。部屋はちょっと狭いが我慢《がまん》してくれ」

「狭い？　どこが。広すぎて落ち着かんくらいじゃわ……」

「そりゃ、あのボロアパートと比べたら広いだろうな」

「俺のアパートなんか知らんくせに」

章吾の軽口に言い返し、ふと胸に疑惑がよぎる。

この男は、自分の思いどおりに事を運ぶために初対面の千磨を拉致したり脅したりと、目的のためには手段を選ばない人間だ。

会社の後継者になるために、男を女装させてまで婚約者に仕立てようとしたり、成功報酬を五百万も用意するなど、普通では考えられないことまで思いつき、実行している。

(まさかと思うけど、アパートの件もこの男が一枚噛んでるんじゃ……)

千磨の心中を察したように、章吾がにやりと人の悪そうな笑みを浮かべた。

「大家も、店子が集まらず持て余してた物件を処分できて清々《せいせい》してるさ」

「……!」

やはり立ち退《の》きの件は、この男の差し金だったのか。

気づかなかった迂闊《うかつ》な自分を呪《のろ》いたくなる。

「し、信じられん……そこまでするなんて……!」

怒りを通り越し、千磨は章吾の執念《しゅうねん》に呆《あき》れ、ある意味感心した。あんなボロアパートとはいえ、本当に買い取ったとしたらかなりの出費だろう。

章吾には金と権力があることを思い知らされる。どんな理不尽《りふじん》で横暴な要求でも、金があればあらゆる手を駆使して金のない者を従わせることは可能なのだ。

現に千磨は、周りからじわじわと固められて二進《にっち》も三進《さっち》もいかない状況に追い詰められてしまった。

(結局世の中金持ってるやつが強いってことか……)

諦めにも似た虚《むな》しい気持ちがこみ上げ、千磨は力なく笑った。もう笑うしかなかった。

開け放った窓から微かに自動車の音が聞こえる。章吾が窓辺《まどべ》に寄り、レースのカーテンをめくって外を見た。

「さっそく出番だ。永島、頼むぞ」

章吾はそれだけ言って部屋を出ていった。

「会長が帰っていらしたんですよ。さ、着替えて下さい」

先日着せられた水色のワンピースを差し出される。腹をくくった千磨は、素早く着替えた。

「次はお化粧です。これからは自分でできるようによく見といて下さいね」

「え、自分でですんの!?」

「慣れれば簡単です。あなたは肌も顔立ちも綺麗だから、ほんのちょっと手を加えるだけで大丈夫です。化粧水をつけて、こうやって粉をはたいて……あとは眉を整えて、リップカラーを載せるくらいでいいです。専務は厚化粧がお嫌いですしね」

永島の手であっという間に女の子に変身させられ、千磨はかなり複雑な気持ちで鏡の中の少女を見つめた。

自分でも嫌になるくらいナチュラルに女の子だ。この姿で大学に行ってもばれないのではないだろうか。

男としてプライドは先日既《すで》に木《こ》っ端微塵《ぱみじん》に砕かれたし、もう開き直るしかない。

(ここまできたらもう引き返せん)

ぐっと拳《こぶし》を握り、千磨は自分に言い聞かせた。

自分の意思で誓約書にサインしたのだ。やるからには完璧にやり遂げようと大きく頷く。

「私が講師を任されたからには、誰にも文句を言わせないくらいのレディにして差し上げます」

永島が鏡の中の千磨に向かって力強く宣言する。無表情で淡々としているように見える永島だが、どうやら淑女《しゅくじょ》教育には一家言《いっかげん》を持っているようだ。

「いいですか、今日は私の言うとおりに会長に挨拶《あいさつ》をして下さい」

「はいっ」

永島に髪をブラッシングされながら、千磨は永島に続いて挨拶の文句を復唱した。


「じいさん。こないだ話したとおり、遠藤八千代の孫を連れてきたぞ」

章吾に肩を押され、千磨は大広間へ足を踏み入れた。

「んん……?」

ソファに座って新聞を読んでいた老人が顔を上げた。老眼鏡をずらして千磨をじろりと睨《ね》めつける。

さっきまでの威勢《いせい》はどこへやら、都屋グループ会長を前にして千磨は猛烈《もうれつ》に緊張した。

(男だってばれたら洒落にならん……!)

会長は七十を超えたくらいだろうか。この洋館の主に相応《ふさわ》しい威厳《いげん》のある風貌《ふうぼう》だった。真っ白な髪をきっちりとオールバックに撫でつけており、なかなかの男前でもある。顔立ちや眼光の鋭さは章吾によく似ていた。

「は、萩原八重ですっ」

千磨はぴょこんと頭を下げた。会長がうーんと唸《うな》って立ち上がる。

ごくりと唾を飲み込み、千磨は会長の反応を窺った。

「こりゃあ驚いた。八千代さんにそっくりだ。ははは」

会長が大口を開けて豪快に笑う。

どうやら男だとばれていないようだ。ひとまず第一関門を突破《とっぱ》し、千磨は少し緊張を緩めた。

「俺たちは婚約することにした。約束どおり、遺言書を書き換えてもらおうか」

(うわあ……こいつ、おじいさんに対してもこういう態度なのかよ……)

人ごとながら、章吾の祖父に対する口の利《き》き方に冷や冷やする。年配者には敬意を払うよう育てられてきた千磨には信じがたい言動だ。

会長は章吾を一瞥《いちべつ》し、ふんと鼻で笑った。

「まあそう慌てるな。八重さん、お掛けなさい」

会長に促され、千磨は会長の向かいの席にちょこんと腰掛けた。その隣に章吾がどっかりと座る。

「まったく、お前の行動の速さには驚かされる。後継者指名の件が絡《から》むと目の色が変わるな。現金なやつだ」

「妙な条件を出したのはじいさんのほうだろう。俺はじいさんの望みどおりにしたまでだ」

喧嘩腰《けんかごし》の二人を、千磨ははらはらしながら見守った。

「八重さん、こいつと婚約したというのは本当かね」

会長は章吾を無視し、千磨に向き直った。問い詰めるような口調ではなく、むしろ面白がっているような様子である。

「は、はいっ」

「こいつが強引に婚約を迫ったんだろう」

「はい」

つい正直に答えてしまう。会長が膝を叩いて笑った。

「あはは、正直でよろしい」

(なんなんだ？　もしかして章吾さんも俺もからかわれてるだけじゃないのか？)

会長のあまり真面目《まじめ》とは言えない態度に不信感を覚え、千磨はちらりと隣の章吾を盗《ぬす》み見た。

章吾は苦虫《にがむし》を嚙みつぶしたような顔をしている。

「婚約の経緯なんかどうだっていい。婚約したという事実がすべてだ」

「まあ約束は約束だからな。婚約披露パーティーが終わった時点で遺言書を書き換えて、お前を都屋グループの後継者に指名する」

会長が笑いを引っ込めて、膝の上で手を組む。

「失礼します」

家政婦がローテーブルに紅茶のカップを並べていく。会長と章吾のやりとりは聞こえていただろうが、慣れているのか愛想《あいそ》のいい笑みを浮かべている。

話は終わったとばかりにむっつりと黙り込んだ会長と章吾を交互に見て、千磨は居たたまれずについ口を開いた。

「あの、うちの祖母とはどういったお知り合いなんですか?」

永島には聞かれたことにだけ答えて無闇《むやみ》に質問するなと釘《くぎ》をさされていたのだが、一応当事者として聞いておきたかった。

「章吾に聞いてないかね?」

「聞いてません」

章吾は我関《われかん》せずといった風情《ふぜい》で黙って紅茶を飲んでいる。

会長が章吾を見て、口をへの字に曲げた。

「ふん……どうせ年寄りの戯言《ざれごと》と聞き流してたんだろうな」

会長の顔にふと寂しげな表情が浮かんだ気がした。

「……八千代さんは私の恩人《おんじん》だった。そう、人生で一番最初に出会った恩人だ」

ソファに深々ともたれ、会長が遠くを見るような目をして語り始める。

「私が小学校の三年生のときから三年間、家庭教師をしてもらった。当時八千代さんは女子大学の教育学部に通っていて、手の付けられないわがまま坊主だった私に根気よく説教してくれたもんだ」

なんとなく祖母の説教が目に浮かぶ。

祖母は凛《りん》とした気骨《きこつ》のある女性だった。幼い頃みそっかすで泣き虫だった千磨を叱咤《しった》し、いじめられたらやり返すくらいに成長させたのは祖母だ。

「なんせうちの両親ときたら私のことをそりゃあ甘やかしてたからな。世の中なんでも自分の思いどおりになると思っていた。他人など、自分の命令を聞くためにいるんだとな」

千磨に聞かせるというより、独り言のように呟く。

「……八千代さんが私を変えてくれた。八千代さんのおかげで今の私がある」

会長はそれ以上は詳しく語らなかった。しかしその言葉に万感《ばんかん》の思いが込められているのが伝わってきて、千磨は胸が熱くなった。

しばしの沈黙《ちんもく》の後、会長が体を起こして紅茶を一気に飲み干した。

「占い師に後継者指名について相談したところ、章吾は今のままでは後継者に相応しくないと言われた。そして『あなたの恩人が力を貸してくれるでしょう。恩人の血を引く者が章吾さんのパートナーとなったとき、事態は好転します』と言った。私の恩人と言えば八千代さんしかいない」

「そうなのか？　俺には遠藤八千代の孫と結婚しろとしか言わなかったじゃないか」

章吾が怪訝《けげん》そうに眉をひそめ、口を挟む。

「言ったって聞かないだろう。占い師と言っただけでお前は耳を塞いでしまう」

「当たり前だ。占いで物事を決めるなど、馬鹿馬鹿しくて話にならない。占い師の妄言《もうげん》に惑《まど》わされて俺の結婚相手まで勝手に決めやがって」

「なんだ、他に結婚したい女でもいたのか」

「いないが勝手に決められるのは不愉快《ふゆかい》だ。俺は結婚なんかする気はなかった」

章吾と会長の口喧嘩に、呆気にとられる。

(なんだよこの二人は……。つか、こんなんで婚約披露パーティーとかして大丈夫なのか？)

思いがけない会長と章吾の不仲に、千磨は戸惑った。章吾が会長の意向に不満を持っているらしいのはわかっていたが、ここまで仲が悪いとは思わなかった。

(それにしても……占いで言われたからって見ず知らずの女を孫の嫁にするか、普通)

この老人はかなりの変わり者に違いない。

章吾のことも変なやつだと思ったが、どうやらこの会長が振り回しているようだ。

ふと、会長が千磨のほうを振り返った。

「八重さん、章吾がいきなりやってきて婚約しろと迫って驚いただろう。どうして婚約を承諾してくれたんだね」

（うっ！）

予想外の質問をされ、千磨は体を強《こわ》ばらせた。

会長の疑問はもっともだ。しかしストレートに聞かれると思っていなかったので困惑《こんわく》する。

（お金持ちだから、と言うのはやっぱまずいよな……いくら占いで決めた嫁だからって、あからさまに財産目当てだと会長だって気を悪くするだろうし。こいつのいいところって何かあったか……？）

数秒間必死で考え、千磨はぴくぴくと頰を引きつらせながら笑顔を作った。

「こ……こんなにかっこいい人見たことなかったので……」

頭をフル回転させて章吾のいいところ探しをした結果、それしか思いつかなかった。

「はは、確かにこいつは私に似て見た目はいいからな」

会長が破顔《はがん》し、ちゃっかり自画自賛《じがじさん》する。会長はその答えが気に入ったようだった。

章吾はどんな顔をしているかわからないが、とても振り向いて確かめる気にはなれなかった。

（うう、不本意だ……！）

とっさのアドリブとはいえ章吾を褒《ほ》めてしまって、千磨は悔しくて唇を嚙んだ。

「こいつは子供の頃に両親を亡くしているもんで、私がつい甘やかしてしまった。見てのとおり、わがままで自分勝手な男だが」

「じいさんに言われたくない」

章吾が腕を組み、むっとしたように呟いた。

(こいつも子供の頃両親亡くしてんのか……)

そういえばさっき、花嫁修業の講師は普通姑がやるものだが、自分には母親がいないと言っていた。

「……まあいい。婚約披露パーティーの日取りは決まっている。それまでに八重を大安寺家に相応しい婚約者に教育して、誰にも文句を言わせないようにしてやる」

章吾が低い声で宣言する。

「親戚や会社の上層部の中には後継者を狙ってるやつもいる。せいぜい足をすくわれないよう気をつけるんだな」

会長も不機嫌《ふきげん》そうに言って目をそらす。

(……なるほど。章吾さんが後継者になるのをよく思ってない人たちもいるってことか)

互いに目をそらし合う祖父と孫を交互に見ながら、千磨は冷め切った紅茶をすすった。

章吾が千磨に完璧な婚約者を演じさせようと躍起《やっき》になっている理由がわかり、気が重くなる。

パーティーでの失敗は許されないわけだ。

「会長」

ノックの音がして、大広間の扉が開いた。スーツ姿の見知らぬ男だ。

男が入ってきた途端、章吾が不機嫌な顔を更にしかめた。あからさまな表情の変化に、どうやら章吾が男を苦手に思っているらしいことが窺える。

「ああ、紹介しておこう。私の秘書の篠塚公輔《しのづかこうすけ》くんだ。八重さんは今日からうちに住むそうだから、今後顔を合わせることもあるだろう」

「篠塚です、初めまして」

男が一歩前に進み出て会釈《えしゃく》する。千磨も立ち上がって頭を下げた。

「初めまして、萩原八重です」

会長には男だとばれなかったが、千磨は気を引き締めて挨拶した。疑われないようにできるだけ女らしく振る舞う。

篠塚は身長や体格は章吾と同じくらいでなかなかの男前だったが、章吾と違って穏やかな印象だった。歳は三十代の前半くらいだろうか。先ほど永島に聞いたところ章吾は二十八歳だそうだが、章吾よりも年上のような気がする。

真面目で実直そうなところが高校時代のテニス部の顧問《こもん》と重なり、千磨は篠塚に親近感を覚えた。

「萩原さんは岡山県のご出身だそうですね。私はご近所の鳥取《とっとり》県出身なんです」

「え、そうなんですか！　お……私の実家、鳥取県との県境に近いところなんです！」

思いがけず故郷の近い人に出会えて、千磨はあからさまにテンションを上げてしまった。

東京に来てから岡山出身はおろか中国地方出身者と遭遇《そうぐう》することがなかったので、単純に嬉しかったのだ。

「あの、鳥取のどちらなんですか？」

「境港《さかいみなと》です。実家は代々漁師やってるんですよ」

「境港、行ったことあります！　……いっ！」

いつのまにか隣に立っていた章吾に素早く二の腕をつねられ、千磨は叫び声をこらえた。

（いってえ……そんなに心配せんでもボロは出さんわ！）

涙目で章吾を睨むと、章吾はしれっとそっぽを向いた。

「どうかなさいましたか？」

篠塚が怪訝そうに尋ねる。

「い、いえ」

会長秘書ということは自分とはあまり接点はなさそうだが、千磨は俄然《がぜん》篠塚に好感を抱いた。

逆に章吾の好感度は、最初からゼロ以下だったが、ますます低下した。

「なかなか上出来だった。お前にも女優の素質があるかもな」

寝室に戻ってからの章吾の第一声に、千磨はむっとして唇を尖らせた。

「ねーよ」

「だが最後のあれはなんだ」

「は？」

ベッドに座り、窮屈《きゅうくつ》なストッキングを脱ごうとスカートをまくり上げて手を突っ込んでいると、章吾が隣にどさりと腰掛けた。

「もっと自分の立場を自覚しろ。篠塚に媚《こ》びるような真似は慎《つつし》め」

「ええっ？　媚びるって……ちょっと同郷話が弾んだだけじゃが」

「男の姿のときなら構わない。が、お前は今、女としてここにいるんだ」

言い返そうとした千磨は、文句を飲み込んだ。確かに章吾の言うとおりだ。

「……わかった。気をつける」

渋々千磨は非を認めた。なんとなく悔しいが仕方がない。

「ここにいるときは常に〝女だったらどうするか〟を念頭に置いておけ」

もぞもぞとストッキングを下げながら、千磨は黙って頷いた。

「それから、篠塚には気をつけろ。あいつはああ見えてなかなか切れる男だ……じいさんより手強《てごわ》い相手かもしれん」

「うん……うおっ」

無理やり引っ張って脱ごうとして、千磨はびりびりと音を立ててストッキングを破いてしまった。

あっという間に伝線し、章吾が大袈裟にため息をつく。

「言ってる傍から失格だな。普通は婚約者の前で脚広げて脱ぎ捨てたりしない」

「だって……気持ち悪いからはよ脱ぎたかったんじゃもん」

永島が用意してくれたのはパンティストッキングではなく太腿《ふともも》までのストッキングだったが、肌に貼りつくような感触から一刻も早く解放されたかったのだ。

「こういうところからボロが出るんだ。男だとばれないように、女としての恥じらいや慎みを身につけろ」

章吾が屈んで千磨の顔を覗き込む。

千磨は黙って目をそらした。章吾のやけに整った容貌は、間近で見るとどうも落ち着かない。さっき会長に言ったのは、千磨の本音でもある。映画やテレビではなく、現実にこんなにかっこいい男を見たのは初めてだった。

(顔だけはいいよなあ……性格悪いけど。でも女だったらこんな男に見つめられたらそれだけでのぼせるんじゃろうなあ)

脱いだストッキングを両手で丸めていると、ふいに肩を抱き寄せられた。

「!?」

唇の端に何か熱いものが触れる。

キスされそうになったことに気づいて、千磨は驚いて目を見開いた。反射的に、自分を抱き寄せている男の胸を思い切り肘で突く。

章吾が小さく呻いて顔をしかめる。

「な、なな、なにすんじゃ！」

立ち上がって千磨は数歩後ずさった。かあっと顔が熱くなるのがわかる。

「こんなとき、女だったら目を閉じて応じるもんだぞ。肘鉄食らわす女がどこにいるんだ」

「そんなの知るか！　いくら婚約者のふりするからって、そこまでつき合いきれねえよ！」

「いつどこで見られているかわからないんだ。常に人目があることを気にかけておけ」

「だからって、こ、こういうのは人目のあるところではせんじゃろ普通……っ」

「とっさの反応に地が出るからな……お前には色々訓練が必要だ」

そう言って章吾が立ち上がり、千磨に向かって大股で歩み寄る。

「い、色々って……」

「色々だ」

（ひいいっ）

震える足で後ずさるが、あっという間に壁際に追い詰められてしまった。

ドアを背に、怖くて閉じてしまいそうになる目を必死で瞠《みは》る。意地でも目を閉じて応じるようなことはしたくなかった。

章吾がにやっと笑って千磨の両肩を掴む。

「意外な反応だな……初めてか？」

「う、うるさい、関係ないだろ！」

「今どきの十八歳にしては珍しいな」

章吾が面白そうに千磨の顔を覗き込む。

「離せよ……っ」

そのとき、背中にドアのノックの音が響いた。「永島です」という声とともにドアが押し開かれる。

「うわっ」

章吾の胸に倒れ込む前に、千磨は横へ避《よ》けて逃げ出した。ベッドにダイブして枕《まくら》に突《つ》っ伏《ぷ》す。

「……何をしているんですか」

永島が不思議そうに問うた。

「いいか、常に人目があることを忘れるな」

笑いを含んだ声で章吾が言い、部屋を出ていく気配がする。

（くっそお……ちょっと自分のほうが大人だからって、からかいやがって！）

章吾にからかわれたのが悔しくて仕方なかった。

奥手の千磨は、まだキスもしたことがない。女としてだろうが男としてだろうが、自分には
あの反応が精一杯だった。

目を閉じて応じるのは大人だけだ。自分が子供だということを思い知らされる。

「ああ……さっそく伝線させてしまったのですね」

永島が、床に脱ぎ捨てられたストッキングを見てため息をついた。

4

「つ、疲れた……」

大学から帰って部屋に入るなり、千磨はばたんとベッドの上に倒れ込んだ。

大安寺邸に住み込みを始めて十日。いつのまにか五月に入り、慣れない暮らしに千磨は疲労困憊《こんぱい》していた。

日中は都内のマナースクールに通っているという設定になっているので、毎朝章吾を迎えに来る永島の車に便乗し、大学まで送ってもらっている。なるべく着替えやすい簡単な服装にして車中で普段着に着替え、大学で講義を受けた後、永島に車で拾ってもらって再び着替えて帰宅、そして花嫁修業という毎日だ。

（俺は花嫁修業を甘く見とった……）

千磨の場合は、まず言葉遣いのレッスンが大きな関門になった。十八年間しゃべり慣れた方言はなかなか抜けるものではない。上辺だけなら標準語っぽくしゃべることもできるのだが、自分でも気づいていなかった訛《なま》りやイントネーションの違いは想像以上に是正《ぜせい》が困難だった。

永島はどこからかアナウンサー養成用のテキストまで持ってきて、千磨から徹底的に訛りを取り除こうと奮起している。何度も何度もテキストの例文を復唱させられ、なんだか外国語を習っているような気分になってしまった。

早くもばて気味だが、修業はまだ始まったばかりだ。初日に永島から渡されたスケジュール表には、びっしりと今後の修業予定が書き込まれていた。言葉遣いだけでなく立ち居振る舞い、食事のマナー、茶道、華道、書道、料理、裁縫と目白押しである。

言葉遣いのレッスンは一応及第点をもらい、今日からお茶を習うことになっている。

「にゃー」

仔猫がバスルームからとことこ出てきてベッドの上に飛び乗り、千磨の胸の上にちょこんと座る。

「お前はええなあ……花嫁修業とかせんでもええもんなあ」

仔猫を撫でながら、千磨は呟いた。

この家に来て、仔猫は実に満足そうに暮らしている。さっそく永島が小綺麗な猫用ベッドを買ってきてくれたし、餌は特売のフードではなく高級な猫缶だ。

引っ越してきた当日、家政婦の小坂に挨拶にいくと、真っ先に仔猫のことを聞かれた。

『名前はなんというのですか』

『大吉《だいきち》です』

仔猫の幸せを願って千磨がつけた名前だ。我ながらいい名前だと思うのだが、小坂は聞いた途端に微妙な表情を浮かべた。

大安寺家にもともといたのは母猫と仔猫が二匹で、仔猫は大吉と同じ頃に生まれたらしく、大きさはさほど変わらないのだが……見た目には壮絶《そうぜつ》な格差があった。

母猫のマリー・ルイーズは真っ白な長毛に青い目を持つペルシャで、仔猫のアントワーヌとシャルルも母猫そっくりの貴公子のような仔猫だった。後から来たよその仔猫で、しかも不細工な大吉はいじめられるのでは……と心配したが、意外にも大吉はマリー・ルイーズ親子に受け入れられて、すっかり馴染《なじ》んでいる。

アントワーヌとシャルル、大吉の三匹が無邪気に戯《たわむ》れているところを見ると、どう見ても貴族二人に平民一人といった風情で、それが今の自分の状況を表しているようで千磨は密かに心を痛めていた……。

(あーあ、早く終わらんかなあ……。バイトとはいえしんどいわ)

カレンダーを見て、まだまだ先が長いことにげんなりする。

ベッドの上でうとうとしていると、ドアがノックされた。

「永島です」

「は、はいっ！」

慌てて起き上がり、千磨は寝ぼけた声で返事をした。

よろよろと歩いてドアを開けると、永島が濃紺の和服を着て立っていた。

(き、着物!?)

永島のすらりとした体によく似合っていて、思わず見とれる。

千磨が見とれている間に、永島は何やら和紙に包まれた荷物を持って部屋に入り、ドアを閉めた。

「今日から茶道のお稽古《けいこ》ですが、同時に着物の着付けと立ち居振る舞いも学んでいただきます」

「え、俺も着物着るの⁉」

「はい。私が着付けをしますので服を脱いで下さい」

有無を言わせぬ口調で指示し、永島はベッドの上に畳紙《たとうがみ》に包まれた着物を広げた。藤色の地に白い蝶々《ちょうちょう》の模様が入った可愛らしい着物だ。

ここに来てからだんだん女物に抵抗がなくなってきたが、ピンクの肌襦袢《はだじゅばん》を渡されて千磨はこっそりため息をついた。

永島が慣れた手つきで着物を着せてくれる。

「あの……章吾さんていっつもこんなに仕事が忙《いそが》しいんですか？」

帯を締めてもらいながら、気になっていたことを尋ねる。

千磨がこの家に来てから、一度も章吾と夕食をともにしたことはない。毎晩遅くまで残業しているようで、顔を合わせるのは朝一緒に車に乗せてもらうときくらいだ。車中でも携帯電話をかけたり資料を読んだりしていることが多く、専務として多忙《たぼう》を極めているらしいことが窺える。

「今ちょうど大詰めを迎えている案件がありますので。それが一段落すれば、少し時間に余裕ができると思いますが」

「ふうん……」

ここに連れてくるまでは何かと干渉《かんしょう》してきたが、連れてきてからは花嫁修業は永島に任せっぱなしにしている。

（……別にいいけど。俺もあいつがいないほうがやりやすいし）

章吾だけでなく、会長ともほとんど顔を合わせていない。

夕食も食事マナーのレッスンの一環《いっかん》となっているため、会長とは別に永島と二人だけで食べているのだ。

仲良くしたいわけではないが、同じ家に住んでいるのに顔を合わせないというのは少々不自然な気がする。

「永島さんは……いつから章吾さんの秘書やってるの？」

「そろそろ二年になります」

「へえ……。ああいう自分勝手な人のもとで働くのって大変じゃないですか？」

千磨の帯の形を整えながら、永島は口元に微笑を浮かべた。

「専務は思ったことは率直に口にされますし、裏表がないので案外やりやすいですよ」

「俺のこと婚約者にするって聞いたとき、びっくりしなかった?」

「しました。けど、私は言われたとおりにするだけです」

永島は淡々と答える。

(ビジネスに徹してるってことか……俺には真似できそうにないな)

車などで章吾と一緒にいるときも、永島は仕事の話以外は一切《いっさい》口にしない。それは章吾も同じで、世間話ひとつしないのは端《はた》で見ていても不思議な感じだった。

章吾は、千磨には結構大学のことなどあれこれ聞いてくるのだが……。

「さ、できましたよ。和室へ行きましょう」

永島に促され、千磨は慣れない足袋《たび》と草履《ぞうり》を履いて一階の奥にある和室へ向かった。


永島が力説するところによると、茶道は礼儀作法を学ぶために欠かせない要素らしい。茶道を究めれば自《おの》ずと美しい立ち居振る舞いが身につき、客をもてなす交際術も会得《えとく》できるという。

(なんかえらい難しそうなんじゃけど……俺にできるんかな)

永島に作法を教わって何度か繰り返すが、なかなか手順が覚えられない。おまけに初めて着た着物が窮屈で、千磨は早く稽古が終わらないかとじりじりした。

「では最初から通しでやってみましょうか」

永島が立ち上がり、少し離れた場所にある茶釜《ちゃがま》の前に座る。

（うう、足がしびれてきたー）

永島の目が離れた隙に、千磨はこっそり膝を崩して脹《ふく》ら脛《はぎ》をさすった。

「八重さん、お行儀が悪いですよ」

千磨が膝を崩した気配を察したのか、永島が振り向きもせずに注意する。

「は、はいっ」

「誰だって足はしびれます。けれど、集中していれば足のしびれなど気にならなくなるはずです。雑念を振り払い、集中するのです」

「……はい」

（永島さんは見た目の優雅さに反して結構根性論の人だよな……）

千磨が雑念にまみれて集中力が切れかけたとき、誰かが無遠慮に襖《ふすま》を開けた。

「あ……」

振り向くと、章吾だった。会社から帰ったばかりのようで、まだスーツ姿だ。

和室をぐるりと見渡した章吾の視線が、藤色の着物姿の千磨の上でぴたりと止まる。

「今日は茶道の稽古か。見物させてもらうとするかな」

「えー……」

千磨の不満そうな声も意に介《かい》すことなく、章吾はずかずかと和室に入ってきて上着を脱ぎ、千磨の向かいにあぐらをかいた。

「婚約者の花嫁修業の進捗《しんちょく》状況を知っておくのも仕事の一環だ」

「そりゃまあそうだけど……」

章吾に花嫁修業を見物されるのは、正直気恥ずかしかった。永島と二人きりだと没頭できるのだが、第三者に見られていると緊張する。

「八重さん、気になさらずに続けましょう」

永島が無表情のまま、ぴしゃりと二人の会話を遮る。

「はいっ」

千磨は頷いて、ぎこちない手つきで教わったばかりの所作《しょさ》の練習を再開させた。

(うう……やりづれえ)

章吾がじっとこちらを見ている気配がする。既にしびれ始めていた足が痛くて、千磨はもぞもぞと座り直した。

「うあっ、いててっ」

じーんと一際強くしびれが走り、千磨は思わず足を崩した。

「お前、正座もできないのか」

さっそく章吾に揶揄され、かあっと顔が赤くなる。

「で、できるわいっ」

「……八重さん！」

永島にたしなめられ、千磨は慌てて口に手を当てた。

「専務、集中できないので出ていっていただけませんか」

口調は丁寧《ていねい》だが、永島の眉が不機嫌そうにしかめられる。章吾と永島は一応上司と部下なわけで……険《けん》のある物言いに、千磨のほうがびくびくしてしまった。

「婚約者の花嫁修業を見物して何が悪い」

章吾も負けずに言い返す。ふんぞり返って腕を組んでいるが、目は笑っていた。どうやら永島が章吾に意見するのは今に始まったことではないらしい。

「しかし見てるだけじゃつまらんな。久々に俺もやってみるか。永島、代われ」

言っても無駄だと思ったのか、永島は大袈裟にため息をついてから立ち上がった。

章吾が亭主の位置に座る。今度はあぐらではなく正座だ。

「え、できんの？」

「当たり前だ。良家の子息《しそく》のたしなみだ」

軽口を叩きながら、章吾はお点前《てまえ》を始めた。千磨も慌ててまだしびれの残る足で正座する。

千磨には袱紗《ふくさ》を使った手品を見ているようでよくわからない所作だが、章吾は迷うことなく進めた。

（おお、さすが御曹司だ……）

口には出さなかったが、千磨は感心して章吾の手つきを見守った。

同じ所作なのに、永島とは受ける印象が全然違う。永島の所作は流れるように優美で、どちらかというと女性的な印象だ。章吾は永島に比べると多少雑なところもあるが、動きに迷いがなくて力強い。

「お菓子をどうぞ」

章吾に言われ、千磨は干菓子を口に入れた。章吾が茶筅《ちゃせん》で茶を点《た》て始める。

「どうぞ」

「お点前ちょうだいします」

茶碗《ちゃわん》を差し出され、千磨は緊張した面持ちで習ったとおりに右手で取り、左手の上に載せた。心の中で復唱しながら茶碗を持ち上げて目礼し、右手で時計回りに二度回す。飲み終えてから飲み口を指先で拭い、飲む前と逆に二度回す。とにかく間違えないようにすることで精一杯で、味などさっぱりわからなかった。

次に、二人目の客の役である永島の番になる。再び章吾が茶を点てて、同じやり取りが繰り返される。

ただし、優雅な動作は千磨とはまったく違う。最初はたかがお茶を飲む作法になぜこんな面倒なことを、と思ったが、亭主の章吾と次客の永島のやり取りは、初心者で茶道のことなど何も知らない千磨でも見とれてしまうほど美しい動きだった。

(なんつーか……この人たちって生まれながらのセレブって感じ)

やはり子供の頃からこういう世界にいるせいだろうか。自分がどんなに努力しても、ここまで優雅になれない気がして、千磨は少しへこんだ。

「今日はこれくらいにしておきましょうか」

「はい……どうもありがとうございました」

まだしびれている足を畳の上で伸ばして揉《も》みほぐしながら、千磨は力なく礼を言った。

「足がしびれて立てないのか」

章吾が立ち上がり、からかうように千磨の髪をくしゃっと撫でる。

「ひゃっ！」

いきなり触られて、千磨はくすぐったさに首を竦《すく》めた。うなじの辺りがぞくりとする。

「いいか、永島をよく見ておけよ。こいつは普段から社内でも評判のエレガンスだが、着物を着ると無敵になる」

「……えれがんす？」

「女子社員が永島につけたあだ名だ。秘書課のエレガンス」

「へえ……」

聞こえているのかいないのか、永島は澄まして茶道具を片付けている。

確かに永島はただ綺麗なだけでなく、品がある。ぎらぎらしたところがなくて優雅で、まるで王子様のようなキャラクターだ。

「永島にあって、お前にはないものが何かわかるか」

「え？　そりゃあ……気品とか？」

畳にだらしなく足を広げている千磨を見下ろし、章吾がにやりと笑う。

「まあ色々あるが、お前に致命的に欠けているのは色気だ」

「色気え？　気色悪いこと言うな」

顔をしかめると、章吾が笑った。

「色気といったってわざとらしく科《しな》を作れと言ってるわけじゃないぞ。まあお前のようなお子様には色気のなんたるかはわからないだろうが」

お子様呼ばわりに、千磨はむっとして唇を尖らせた。

しかし永島に比べたら、自分がお子様であることは認めざるをえない。

(どーせ俺は色気のないお子様じゃ)

ぷっと頬を膨らませて、千磨は俯いて畳の縁を指でなぞった。

「さ、もう電気を消しますよ」

片付けを終えた永島が、まだ畳に座り込んだままの千磨に声をかけて襖を開ける。

「立てるか？」

目の前に章吾の手が差し出されたが、千磨は敢《あ》えて無視した。立ち上がり、よろけながら廊下に向かう。

千磨が襖を開けて廊下に顔を出すと、ちょうど会長秘書の篠塚が通りかかって立ち止まった。

「おや、皆さん和室におられたのですか」

千磨は急いで笑顔を作った。

「ええ、お茶のお稽古を……うああっ！」

廊下に一歩踏み出した瞬間、足に強烈なしびれが走る。前につんのめってこけそうになったところを、誰かの腕ががっちりと支えてくれた。

「大丈夫ですか」

顔を上げると、篠塚だった。驚いたような顔はしているが、千磨の失態を笑ったりすることなく、心配そうな表情を浮かべている。

「え、ええ、大丈夫です。ちょっと足がしびれてしまって……」

恥ずかしくて顔が真っ赤になってしまった。

章吾と永島は千磨の正体を知っているからついリラックスしていた。油断して失態を晒《さら》してしまったのが情《なさ》けない。

「いたっ」

背後から誰かに二の腕を強く引っ張られ、千磨はたたらを踏んだ。篠塚の腕の中からすぽんと抜け出し、後頭部が硬い何かにこつんと当たる。

首をひねって振り返ると章吾のワイシャツの胸だった。千磨が粗相《そそう》をしたせいか、ひどく機嫌が悪そうだ。

「これは篠塚さん、失礼。八重は正座に慣れていないようで」

「そうですか……」

篠塚が何か言いたげな顔で千磨の顔を見下ろす。

(まさか男だってばれたとか……?)

ごくりと唾を飲み込む。

「あの、私が口を出すことではないかもしれませんが……八重さんの花嫁修業、根《こん》を詰めすぎではないですか。昼間もマナースクールに通っておられるのでしょう? 婚約披露パーティーまで二ヶ月以上ありますし、もう少しゆっくりなさってもいいのでは……」

「いえ、大安寺家の花嫁に相応しい教育を受けていただくには、時間が足りないくらいです」

章吾と千磨の背後から、永島が凛とした声で反論する。

「ですが、八重さんはひどくお疲れのようですよ」

「スケジュールは無理のないように組んでいる。休みの日も確保しているのでご心配なく」

章吾も、話を終わらせようとするかのように素っ気なく言った。

そこまで言われてはもう口出しできないと思ったのだろう。篠塚が「そうですか」と小さく

呟いて背を向ける。

その背中を見送って、千磨はまだ章吾の胸にもたれたままだったことに気づいた。

慌てて体を離そうとするが、章吾が千磨の二の腕を掴んだ手に力を込める。

「……篠塚は会長側の人間だ。ボロを出さないように細心の注意を払え」

章吾が抑えた声音で囁《ささや》くように言った。

背中が章吾の胸にくっついているので、声が直《じか》に響いてきてどきっとする。

「わかってる……っ」

小さくもがいて、千磨は章吾の手を振りほどいた。

章吾に背を向けたまま、ずんずんと廊下を歩く。足のしびれはいつのまにか収まっていた。

章吾に掴まれていた場所がじんじんして熱い。

その熱を振り払うように、千磨は小走りで自分の部屋に戻った。

5

大安寺家での日々は慌ただしく過ぎていった。

梅雨の晴れ間の土曜日、章吾は仕事があって出社することになり、千磨は朝から一人自室で過ごしていた。

仔猫の大吉はすっかりこの家に馴染み、アントワーヌやシャルルと遊ぶのが楽しいらしく、なかなか千磨の部屋に帰ってこなくなってしまった。

午前中にレポートをひとつ仕上げ、語学の予習に取りかかる。

奨学金をもらっているからには成績も優秀でなくてはならない。婚約披露パーティーの前に前期試験も始まるので、千磨は真面目に勉強に取り組んだ。

（……ん？　章吾さん帰ってきたのかな）

敷地内に車が入ってくる音がして、千磨はノートから顔を上げた。時計を見るといつのまにか夕方五時を回っている。

レースのカーテンを開けてみると、やはり章吾だった。永島も一緒にいる。

（永島さんも土曜日なのに仕事か……大変だな）

土日は基本的に花嫁修業のレッスンは休みなので、章吾の仕事のことで来たのだろうか。婚約披露パーティーまで千磨の花嫁教育が最優先事項だが、永島は秘書としての仕事も同時にこなしている。

カーテンを閉めて再びノートに向かっていると、部屋のドアがノックされた。

「はいっ」

内側からドアを開けると章吾だった。するりと部屋に入ってドアを閉める。

「急な話だが、今夜俺の従兄《いとこ》が夕食に来る。お前を紹介するからそのつもりでいろ」

「え、今日これから!?」

章吾の親戚に紹介されると聞き、千磨は身構えた。会長と篠塚はともかく、婚約披露パーティーまでは他人に会わずに済むものだとばかり思っていた。

「さっき連絡があって、急に決まったんだ」

章吾がため息をつきながら前髪をかき上げた。

「だけど俺、心の準備が……」

「いつもどおり振る舞えばいい」

千磨の肩をぽんと叩き、章吾はベッドサイドの椅子に座った。

「あの、その従兄ってどんな人?」

予備知識なしに会うのは心許ない。千磨は急き込んで章吾に尋ねた。

「大安寺達也《たつや》。俺と同い年の二十八歳。都屋グループの建設部門の社長の長男だ。今は都屋グループ子会社の住宅販売会社の副社長をしている」

「ふうん……」

「あらかじめ言っておくが、達也は子供の頃から俺のことをライバル視している。はっきり言って仲が悪い」

「うわ、飯がまずくなりそう」

千磨が率直な感想を述べると、章吾が笑った。

「ああ、俺もできれば一緒に飯を食うのは遠慮したい相手だ。後継者の地位を手に入れたくて俺の失脚を願っているようなやつだからな。俺がお前を婚約者にしたと聞いて、達也はかなり焦っているらしい」

「え……俺のこと?」

章吾と達也の確執《かくしつ》については人ごとのように聞き流していた千磨は、ぎくりとした。

「達也がどう出るかわからないが、お前にちょっかいを出したり粗探《あらさが》しをしたりするかもしれない。少々腹立たしいことがあっても態度に出すなよ」

「……わかった」

ぎゅっと拳を握り、千磨は頷いた。気の重い夕食になりそうだ。

章吾が立ち上がり、部屋を出ていこうとドアノブに手を掛けたところで振り向いた。

「そうだ、今夜はいつもよりドレスアップしろ。後で永島が来るから見立ててもらえ」

千磨が返事をする間もなく、章吾はさっさと出ていってしまった。

章吾が出ていってすぐに、永島が部屋にやってきた。今夜は永島も同席するらしい。

さっそくウォークインクロゼットに入っていって、洋服をあれこれ吟味《ぎんみ》する。

「服はこれで、靴はこれを」

永島が選んだのは光沢のある白いワンピースとシルバーのパンプスだった。

いかにもよそ行きという感じのワンピースには、白いシフォンの袖がついている。腕が透《す》けて見えるので、今まで着るのを躊躇《ちゅうちょ》していた服だ。

「これ？　腕見えるのまずくない？」

「なぜです？」

一応男の腕なので、女らしく見えないのでは……ということを主張したかったのだが、永島が心底不思議そうに首を傾げるので千磨は押し黙った。

（ふっ……どーせ俺の腕は細くて男らしくないですよ……）

筋肉がついていないわけではないが、すんなりと伸びた形のいい腕と脚はほっそり華奢で、男臭さとは無縁だ。

「アクセサリーはこれを。後で身だしなみチェックに来ますから」

スーツのポケットの中で携帯電話が鳴り出し、永島は慌ただしく部屋を出ていった。

気合いを入れるために自分の頬を両手で叩き、千磨はさっそく服を着替え始めた。

シースルーの素材が頼りない感じがして、いつもより慎重に袖を通す。ギャザーのたっぷり寄った膝丈のスカートがふわっと広がって、思わず千磨は鏡の前でくるりとターンしてみた。

(うおー、バレリーナみたい)

スカートが軽やかに広がるのが面白くて、千磨は立て続けにくるくると回った。ターンを止めると軽く目眩がして、よろけてドレッサーに手をつく。

(な、何やっとんじゃ俺は……)

我に返って、千磨は一人で赤くなった。ぱたぱたと自分の顔を手で煽《あお》ぐ。

(永島さん、まだかな)

永島に身だしなみをチェックしてもらわないとどうにも不安だ。

そっとドアを開けて廊下を窺うと、ちょうど章吾が階段を上がってきたところだった。千磨は部屋から出て章吾に声をかけた。

「ドレスアップしたよ！」

章吾が振り向いて、それからぎょっとしたように目を見開く。

「……おい、そんな格好で出てくるな」

章吾が押し殺した声で言って、千磨の肩を掴んで押す。

部屋に押し戻されて、千磨はきょとんとして章吾を見上げた。

「そんな格好って……永島さんにこれ着るように言われたんだけど?」

「男だとばれるだろう」

やはりシースルーの袖はまずかったようだ。千磨は両腕を伸ばして章吾の前に突き出した。

「やっぱり? 俺も腕が透けるのはまずいと思ったんだけどさー」

ドアがノックされ、今度は永島が入ってきた。

「永島、これをどうにかしろ」

永島が入ってくるなり、章吾は千磨を指さして言った。

永島は一瞬面食らったような顔をしたが、千磨を一瞥して章吾の言わんとするところを悟ったようだった。

「八重さん、こちらへ」

千磨の手を引いて、永島はウォークインクロゼットに入り、中から扉を閉めた。

「これをつけて下さい」

引き出しの中からシャンパンベージュのブラジャーを取り出し、千磨に差し出す。

そう言われて初めて、千磨は自分の何が問題だったか理解した。慌てて自分の胸を見下ろすと、白い布地にぽっちりと乳首が透けている。

乳首の淡いピンク色はさすがに透けてはいないが、つんと尖った小さな粒がくっきりと白い布地に浮かび上がっており、男の胸だとわかっているのに妙になまめかしい。

（うわ……確かにこれは……っ）

自分の胸なんて毎日見ているが、白い布地一枚通しただけでこんなふうにいやらしく見えるようになるなんて知らなかった。

章吾に見られ、しかも注意されてしまい、じわじわと恥ずかしさがこみ上げてくる。

「私がうっかりしていました。てっきり毎日つけて下さっていると思っていましたもので」

引き出しの中の未使用の下着類をチェックし、永島がため息をついた。

洋服のときはブラかブラスリップを必ずつけるように言われていたのだが、どうにも抵抗があり、千磨は言いつけを破ってノーブラで過ごしていた。今までは色の濃い服や胸元にギャザーや飾りのある服を着ていたので、たまたまばれなかっただけのようだ。

「下着の洗濯はご自分でなさるということでしたから、私も見逃していました。いいですか、きちんと下着をつけることもマナーの内です。……まさかパンツも⁉」

「わあっ！」

突然永島にスカートをまくり上げられ、千磨は慌てて前を押さえた。しかし紺色のボクサーブリーフをばっちり見られてしまう。

「ショーツも女物を穿《は》くように申し上げたはずです……！」

永島の細い眉の間に、きりきりと縦じわが刻まれる。いつも淡々と無表情の永島がこんなふうに怒るのは初めてのことだった。

永島の剣幕《けんまく》に、千磨はびくびくと首を竦めた。普段怒らない人が怒ると、それだけで効果がある。

「だ、だけど、パンツは見えないからいいじゃん……」

女物のショーツを穿かされるのが嫌で、千磨は抵抗を試みた。

「いいえ。万が一見えたらどうするんです。それに白いスカートのときにこんな青々したパンツを穿くなんてあり得ません。白いスカートにはベージュの下着。基本です」

「じゃあさ、男物のビキニは？　ぱっと見似てるし、それなら俺も我慢して穿くよ」

「だめです。下着は気持ちにも影響します。同じように女装しても、レースのついたショーツを穿いた場合と男物のままではまったく違います。気持ちです。心意気なんです！」

永島の力強い演説に、千磨はもう何も言い返せなくなってしまった。

「ではさっそくこれに穿き替えて下さい」

先ほどのブラジャーとお揃《そろ》いとおぼしきレースのたっぷりついたショーツを渡され、千磨は力なく頷いた。

◇◇◇

七時を少し回ってからハイヤーでやってきた達也は、初《しょ》っぱなからあまり印象のよくない男だった。

「やあ、久しぶりだな。今夜はお招きどうも」

家政婦の小坂に案内されて大広間へ入り、室内を素早く見渡して会長がまだいないのを確認してから薄笑いを浮かべる。

見た目は章吾とは全然似ていなかったが、達也もなかなかの男前だった。章吾ほどではないものの、長身で派手な顔立ちをしている。

今夜の夕食のメンバーは、会長と章吾、千磨、永島、篠塚、達也の六人である。大広間には会長を除く四人が座っていたが、達也は素早く千磨の姿に目をとめた。

「八重、こいつが俺の従兄の達也だ。達也、俺の婚約者の萩原八重さん」

章吾が立ち上がり、不機嫌さを隠そうともせずにぶっきらぼうに紹介する。

永島に習ったとおり、おっとりとした仕草で立ち上がる。小首を傾げるようにして、千磨は鏡の前で練習した愛想笑いの成果を披露した。

「初めまして……萩原八重と申します」

そう言って深々と礼をする。

「へえ……これが噂の婚約者殿か」

挨拶もせず、達也はにやにやしながら千磨を不躾《ぶしつけ》に睨《ね》め回した。

（なんだこいつ）

さっそくかちんときて、千磨の愛想笑いが微かに引きつる。

「岡山の山奥から連れてきたって聞いてたからどんな田舎娘かと思ってたけど、なかなかの上玉じゃないか」

「達也さん、失礼ですよ」

見かねた篠塚が口を挟む。ちらっと振り向くと、永島は敢えて口出ししないつもりらしく、澄まして成り行きを見守っていた。

「いいじゃないか。彼女だって、自分が大安寺家の親戚連中からどういう目で見られているか知っといたほうがいいと思うぜ。章吾と会ってすぐに婚約したんだってな。まあ降ってわいたような玉の輿だしなあ」

（面と向かって言うか普通……）

事実ではないとはいえ、初対面の人から面と向かってこういうことを言われるのはさすがに応《こた》えた。そして改めて、自分が大安寺家の人々から金目当ての婚約者のように思われていることを知る。そんなそぶりは見せないが、篠塚も内心そう思っているのかもしれない。

（婚約披露パーティーもこんな感じなのかよ……こりゃあ針のむしろ状態を覚悟しといたほうがええな）

千磨が唇を噛んで俯いたのを見て、達也は満足げに小鼻を膨らませた。

章吾が千磨の隣でふんと笑う。

「なんとでも言え。俺は会長の指示どおり遠藤八千代の孫と婚約したんだ。それがどういう意味かわかってるよな?」

章吾の挑発に、達也の表情が歪《ゆが》むのがわかった。

「……せいぜい心変わりされないようにするんだな」

悔し紛《まぎ》れに達也が言うと、章吾の手が千磨の腰に伸びてきた。

(……ええっ!?)

しっかりと腰を抱き寄せられ、千磨はもう少しで叫びそうになってしまった。

布地を通して章吾の手のひらの温度が伝わってきて、体温が急上昇する。

「ご心配なく。俺たちはもうすっかりこういう仲だからな」

(ひええ……っ!)

達也に見せつけるように耳元で囁かれ、章吾の吐息が耳にかかって千磨は真っ赤になった。

スキンシップに慣れていない千磨には、章吾の体が接触するところが燃えるように熱く感じられる。

無意識に心臓を押さえるように胸に手を当て、微かな膨らみに触れてぎくりとする。

薄いパッドの入ったブラジャーだ。

意識すると、カップの中のナイロン製のパッドが当たる部分がむずむずしてくる。

(い、意識するな、こんなときに……！)

自分に言い聞かせていると、大広間のドアが開いて会長が入ってきた。章吾の手がするりと腰から離れる。ほっとして、千磨は小さく息を吐いた。

「八重さん、もう達也のことは紹介してもらったかな」

「はい」

落ち着きを取り戻し、千磨は頷いた。

「お祖父さまこんばんは。八重さん、とても素敵なかたですね。今どき珍しいような大和撫子《やまとなでしこ》で」

達也がころっと態度を変え、白々《しらじら》しく千磨を褒め称《たた》える。千磨は呆れて達也を見上げた。

(はあ……章吾さんも大概《たいがい》な性格だけど、この従兄もすごい)

「ふん。お前のおべんちゃらは背中がむず痒《がゆ》くなる。どうせ八重さんの粗探しに来たんだろう」

会長が呆れたように言った。どうやら達也のお世辞は毎度のことらしい。

「ひどいな。従弟の婚約者にお目にかかりたくて来ただけなのに」

達也が言い繕《つくろ》うが、皆聞いていなかった。

「皆さま、お食事のご用意ができました。どうぞダイニングへいらして下さい」

小坂が呼びに来たので、一同はダイニングへと移動した。

永島が素早く千磨の傍に寄り、小声で囁く。

「今の調子で頑張って下さい」

千磨は力強く頷いた。


ダイニングルームのテーブルは、小坂によっていつも以上に綺麗にセッティングされていた。

会長に言われるままにテーブルについてから、千磨は正面に章吾が座るのを見てぎくりとした。

(うわ、章吾さんが正面かよ……)

永島によるテーブルマナーのレッスンではたびたび同席しているし、いつもなら別に恥ずかしくないのだが、今夜はどうにも気恥ずかしい。

胸の周りの慣れない締めつけ感が、先ほどの一件を思い出させてしまう。

――いやらしく乳首を透けさせているところを見られてしまい、注意されてしまった。

(いや、章吾さんは別にやらしいとか思ったわけじゃなくて、男だとばれるから注意したのであって……)

皆に食前酒が振る舞われ、お酒が飲めないことになっている千磨はペリエで乾杯に加わった。

カットグラスが涼やかな音を立てて触れ合う。章吾と目が合って、千磨は慌ててそっぽを向いた。

（な、なんで今更章吾さんの視線に緊張するんだよ……っ）

当たり前だが、章吾は今夜千磨が慣れないブラをつけていることを知っている。男の自分がぺったんこの胸にブラをつけているのはさぞかし滑稽だろう。

ちらっと章吾を盗み見ると、章吾が自分を見ていることに気づいて俯く。

（なんだよ、見るなよ、落ち着かないだろ……！）

千磨の動きに合わせてブラの中のパッドが肌に擦《こす》れる。乳首がぷっつりと凝《しこ》ってパッドと擦れ合うのを感じて、千磨はもじもじと膝をすり寄せた。

（や……っ、ま、まずい）

初めて穿いた女物のショーツが肌に貼りつき、千磨の膨らみを圧迫する。

永島に言われて渋々穿き替えたが、レースのついたショーツに小ぶりながら不自然な膨らみができてしまい、恥ずかしくて自分でも直視できなかった。

幸いビキニのような布地の少ないタイプではなく穿きこみの深いタイプだったが、膨らみを想定していないカッティングはなんとも収まりが悪い。

（今は意識したらいけんーっ！）

自分に強く言い聞かせ、千磨は運ばれてきた前菜をこれでもかというほど凝視《ぎょうし》した。

「いやあ、僕も八重さんのような綺麗でおしとやかな奥さんが欲しいですよ」

達也の歯の浮くようなお世辞を聞き流しながら、千磨は懸命《けんめい》にむずむずする胸と股間の違和感に耐えた。

◇◇◇

気詰まりな夕食を終えて達也と永島、篠塚を見送り、千磨はどっと疲れて玄関ホールのベンチに座り込んだ。

会長も自室に戻ったので、玄関ホールには千磨一人きりだ。章吾は夕食後、仕事の電話がかかってきて席を外し、多分二階の書斎で仕事の話をしているのだろう。

ベンチに座ったまま足を広げて、だらしなく伸ばす。

初対面の客、しかも章吾と敵対する関係の達也と一緒の夕食は、想像以上に気疲れした。

(達也さんに俺が男だってこと、ばれとらんよな……)

達也はまったく疑っていない様子だった。永島が帰り際に「上出来でした」と言ってくれたので、今日のところはこんなものだろう。

会長が同席してからは達也は見え透いたお世辞を並べ立てていたが、千磨のことを金目当ての女だと蔑《さげす》んでいるのが言葉の端々に表れていた。

(今日は一応無事に終わったけど、パーティーまでの間、気をつけないとな……)

軽く目を閉じて物思いに耽《ふけ》っていると、眠気が忍び寄ってきた。こんなところでうたた寝してはまずい。

二階に上がる前に冷えたミネラルウォーターを飲んでこようと、千磨は立ち上がってダイニングへ向かった。少し照明を落とした廊下を歩き、大広間の横を通り過ぎる。

「……!?」

大広間の開け放った扉から、誰かがソファに仰向けに倒れているのが目に入った。

慌てて薄暗い大広間に入り、倒れている人物に駆け寄る。

(なんだ……章吾さんか)

ソファに倒れ込んでいたのは章吾だった。ネクタイを緩めてワイシャツのボタンをいくつか外している。いつのまにか電話を終えて戻ってきていたようだ。達也の見送りには、敢えて出てこなかったのかもしれない。

うたた寝している章吾の顔を、千磨はじっと見下ろした。

フランス窓から差し込む月明かりが、章吾の彫りの深い顔立ちにくっきりと陰影を作っている。そういえば今夜も食事中何度かあくびを嚙み殺していた。よほど疲れているのだろう。

「おい、こんなとこで寝てたら風邪引くぞ」

千磨は章吾の肩をそっと揺さぶった。

初めて触れる章吾の肩は、服の上から見た印象よりもがっしりとして逞《たくま》しかった。厚い胸板や広い肩がやけになまめかしい。

章吾が薄目を開け、瞬《まばた》きをする。

「千磨か……」

名前を呼ばれて、千磨はどきりとした。いつもお前呼ばわりで、名前で呼ばれたのは初めてだった。

「……八重だよ、お前が間違えんな」

なぜか妙に照れくさい気分になって、千磨はわざと不満そうに唇を尖らせた。

「そうだった」

章吾が苦笑し、起き上がってソファに座る。

「お疲れさん。上出来だったぞ。テーブルマナーも完璧だった」

珍しく手放しで褒めるので、千磨は胡散《うさん》臭げに章吾を見下ろした。

章吾が座れと言うようにソファをぽんぽんと叩いたので、少し間を空けて隣に座る。

「俺は全然食った気しなかった……」

「いや本当に、うちに連れてきた当初はどうなることかと思ったがな。あの疑り深い達也が女だと信じて全然疑ってなかった」

「達也さん、このまま引っ込んでくれるかな」

「何かしら妨害してくるかもしれないな」

「そっか……。あ、大吉、おいで」

大吉がとことこと大広間に入ってきたので、千磨は仔猫を呼び寄せて膝に抱き上げた。

「おー、だいぶ大きくなったな。いい餌もらってるもんなあ」

大安寺家の猫の世話は小坂がしており、大吉も一緒に面倒を見てくれている。高級猫缶を与えられ、大吉はすくすくと育っていた。

「お前もうちに来てからちょっと育ったな」

「え？　俺？　太った？」

「いや、ほどよく肉がついて顔色もよくなった。前は痩せすぎだったからな」

章吾に顔を覗き込まれ、千磨はどきっとして大吉を抱きしめた。

「にゃー」

大吉が前足で胸を押し、パッドの入った胸がぺこっとへこむ。

「あ、こら」

大吉の前足を摑んで離すと、章吾が可笑しそうに笑った。

「お前、今までノーブラだったのか。今日はここを大々的に透けさせてびっくりしたぞ」

章吾の指が、へこんだ胸を軽く押す。偶然なのか狙ったのか、ブラの上から乳首を押されて千磨は飛び上がった。

「ななな、なにすんじゃ、このすけべ！」

大吉を胸に抱いて勢いよく立ち上がる。耳までかあっと赤くなるのが自分でもわかった。

章吾が千磨の反応に驚いたように目を見開き、それからにやりと口角《こうかく》を上げる。

「……そういう反応されると思わなかったな。触られて感じたか？」

「な、や、やらしいこと言うな！」

頭から湯気を出し、千磨はくるりと背を向けた。千磨の剣幕に驚いたのか、大吉が千磨の腕からぴょんと飛び出して小走りに逃げてゆく。

「……千磨」

「うわあっ」

立ち上がった章吾に急に腕を引っ張られ、千磨はたたらを踏んだ。後ろ向きに章吾の胸に倒れ込み、抱き留められる。

章吾のコロンと男っぽい体臭が混じり合った匂いがして、目の前がくらりとする。

（な……っ⁉）

ただ抱き留めるだけでなく、章吾は千磨の体を抱き締めている……ような気がする。

体が密着しすぎて、自分と章吾がいったいどういう体勢になっているのかわからない。

「おい、ちょっと、離せっ」

章吾の腕から逃れたくて、千磨はじたばたともがいた。

「ひゃあ！」

もつれ合ってどさりとソファに倒れ、悲鳴を上げてしまう。

章吾が上から押さえつけるようにして覗き込む。

「……お前はほんとに色気がないな」

「は⁉　い、いろっ、……どけ！」

千磨は手を伸ばし、章吾の顎を押しのけようとした。しかし簡単に章吾に振り払われる。

（う、ちくしょー……っ）

章吾が余裕たっぷりに笑みを浮かべ、千磨の両手首を握ってソファに押しつける。

「前にも言っただろう。女だったらどういう反応するか考えろ」

「女だって、こんなことされたら普通抵抗するだろ！」

「ただの女じゃなくて婚約者だ」

章吾の唇が近づいてきて、千磨は慌てて顔を背《そむ》けた。

「や、やめろって……っ！」

唇に章吾の吐息を感じて、思わずぎゅっと目を閉じてしまう。

「んんっ！」

唇をぴったりと重ねられ、千磨は必死に暴れた。

ただ重ねるだけのキスではなかった。唇を吸われ、熱い舌でねっとりとなぞられる。

（な……っ！　舌入れんな！）

千磨の抵抗も虚しく、舌が押し入ってくる。口腔の粘膜を舐《な》められ、千磨はびくんと体を竦ませた。

逃げ惑う千磨の舌を、章吾の舌が捕らえて絡めてくる。

「ん、……んっ」

顔を左右に振ってなんとか逃れようとするが、章吾のキスは執拗《しつよう》だった。

男に……しかもいけ好かない男にキスされるなんて、気持ち悪いと思うのが普通ではなかろうか。なのに、章吾に口の中を隈《くま》なくまさぐられてもたらされる感覚は、嫌悪でも不快感でもない。むしろとろけるような快感で……。

（やばい……っ！）

これ以上章吾に貪《むさぼ》られると、まずいことになりそうだ。

渾身の力で、千磨は章吾の拘束を振りほどいた。章吾の胸を押し、ソファから転がり落ちるようにして逃れる。

赤くなった顔を背けるようにして、千磨は手の甲でごしごしと唇を拭った。

「け、結婚前にこんなことするなんて……っ！」

一瞬の間があり、章吾が可笑しそうに声を上げて笑った。

「本当に今どき珍しいな……結婚前にキスもさせてもらえないのか」

「お前と俺はそういうんじゃないだろうが！」

笑われたのが悔しくて、千磨は顔を真っ赤にして怒鳴った。

「そういうもんだろ。婚約者なんだから」

章吾がにやっと笑って立ち上がり、再び千磨を抱き寄せようとする。

「……調子に乗んなあ！」

千磨は思い切り章吾の足を蹴《け》り上げた。

キスのせいで体に力が入らず、通常よりも弱々しいキックになってしまった。

しかしまさか蹴られるとは思っていなかったらしくて、章吾が一瞬怯《ひる》む。

その隙に、千磨はくるりと背を向けて脱兎《だっと》のごとく駆け出した。

「おい、婚約者を蹴るやつがどこにいるんだよ！」

章吾が笑いを堪《こら》えながら叫んでいる。決定的なダメージを与えられなかった自分が腹立たしい。

(あのやろー！　何が婚約者だ！　からかいやがって！)

自分の部屋に駆け込んで、乱暴にドアの鍵を閉める。

その場にしゃがみ込み、千磨は喉の奥から声を絞り出した。

「ちくしょう……今のが俺の……俺のファーストキスかよ……っ！」

あまりに情けない事実に千磨はしばしのたうち回り……今のキスはカウントしないことに決めた。

6

「千磨ちゃーん、これからクラスの子たちと渋谷《しぶや》に遊びにいくんだけどさ、千磨ちゃんも一緒に行かない？」

講義を終えて机の上を片付けていると、すっかり顔馴染みになったメグとアユミが声をかけてきた。呼び名もいつのまにか〝萩原くん〟から〝千磨ちゃん〟に変わっている。

「いや、俺……図書館行く用事あるから」

永島が迎えに来るまでにまだ時間があるが、それまで図書館に行ってレポート用の資料を探そうと思っていた。

「え〜、行こうよ、千磨ちゃんいっつもバイトですぐ帰っちゃうんだもん〜」

メグが千磨の隣の席に座り、腕を取る。

「だけど、そろそろレポートやんないと……」

「あ、レポートだったら今週の土曜日にみんなで集まってやろうって言ってるんだ。一緒にやろうよ」

章吾に比べれば可愛いものだが、メグもなかなか強引な性格だ。どうして自分の周りにはこういうタイプの人間が集まるのだろう……と千磨は心の中で嘆いた。

「――――千磨」

今まさに思い浮かべていた人物の声が頭上から降ってきて、千磨は驚いて顔を上げた。

「……章吾さん!?」

慶明大学の大教室に、なぜかスーツ姿の章吾が立っている。

昨日の夜章吾にキスされたことを思い出し、千磨の頬が見る見る赤く染まっていく。

今朝、章吾は早朝会議があるとかで先に出社してしまったので、キス以来顔を合わせるのは今が初めてだ。

(え、えっと、そうだ、何事もなかったかのように!)

次に会ったときにどういうリアクションをしようかと悩んだ末に平然としていようと決めたのだが、章吾の突然の出現にすっかり吹き飛んでしまった。

あからさまに赤面してしまい、千磨はそれを隠すようにぷいと顔を背けた。

「迎えに来た。早く支度《したく》しろ」

章吾がむっとしたように命令する。

少々機嫌の悪そうな章吾にメグとアユミは一瞬ぽかんとし……それから黄色い声を上げた。

「えー、千磨ちゃんこの人誰!?」

「紹介して!」

長身で見目のいい章吾を前に、彼女たちの目がハンターのそれに変わる。

彼女たちの勢いに、千磨はたじろいだ。

「え……えっと……」

まさか婚約者ですとは言えないし、なんと言って紹介すべきか悩む。

「俺は千磨の保護者みたいなもんだ。ほら、行くぞ」

彼女たちを適当にあしらい、章吾は千磨の手からトートバッグを奪った。

「え、だけど永島さんは？」

「永島は急用ができて手が離せない。今日はレッスンは臨時休講だ。代わりに俺の買い物に少しつき合え」

言いながら、章吾はメグとアユミの追及を振り切るようにさっさと教室の出口に向かった。

「あ、そんなわけで、ごめんっ」

二人に謝り、千磨は慌ててその背中を追った。

「お兄さん、今度合コンしましょー！」

メグの叫びに、千磨は苦笑した。


章吾が運転する車に乗るのは初めてだった。いつもは後部座席なので、助手席も初めてだ。

（えーと……キ、キスの件は……蒸し返さないほうがいいよな？）

本当は文句を言い足りない気分だったが、薮《やぶ》をつついて蛇《へび》を出すことになりそうだ。またからかわれるのはしゃくなので、千磨は黙って助手席から窓の外を眺めた。

車は慶明大学からほど近い都屋百貨店の駐車場へ入っていった。車を降り、一般客の出入り口へ向かう。

若者の多い街のせいか、デパートへ入っていく客も二十代から三十代くらいの若い世代が多かった。

「章吾さんてここの専務なんでしょ？　関係者出入り口とか使わないの？」

「今日はプライベートだからな」

章吾と並んで正面入り口をくぐり抜け、千磨は思わずきょろきょろと辺りを見回してしまった。建物の大きさやきらびやかさに圧倒される。

(ほえー、広くて綺麗、人いっぱい)

東京に来てからデパートに来たのは初めてだ。岡山のデパートとは規模が全然違う。つい立ち止まり、物珍しげに売り場に置かれた品々を見回した。

先ほどまでのもやもやした気持ちが晴れてきて、自然と心が浮き立ってくる。

「ほら、ちゃんと前見て歩けよ」

買い物客とぶつかりそうになった千磨を、章吾が素早く引っ張った。肩を抱かれた状態のまま、エスカレーターに乗せられる。

（う……っ）

人前で肩を抱かれるのは気恥ずかしかったが、こんな場所で振り払うわけにはいかない。

左側に一列に乗って肩から手が外され、千磨は後ろの章吾を振り返った。エスカレーターの段差で、長身の章吾と同じくらいの目線になる。

間近で章吾と目が合い、千磨は慌てて目線を彷徨《さまよ》わせた。

「……何買うの？」

黙っているとまた赤くなってしまいそうで、千磨は平静を装って尋ねた。

「出産祝い。従姉《いとこ》に赤ん坊が生まれたんだ」

「出産祝い？　何贈るの？」

「決めてない。売り場に行けばなんかあるだろ」

エスカレーターで婦人服売り場、紳士服売り場などを通り過ぎてゆく。

「うわあ……都会って感じ」

エスカレーターを各階で乗り換えるたびに、千磨は感嘆の声を上げた。田舎者丸出しだと自分でもわかっているのだが、声を出さずにはいられなかった。

飾ってある服もだが、フロアやショップの造りが洗練されている。まるでテーマパークのように非日常的な空間だ。

「店を案内してこんなに感心してもらえたのは初めてだ」

章吾が苦笑する。

「……章吾さんて、ここの専務なんだあ……」

エスカレーターの中ほどで振り返って小声で呟くと、章吾がにやっと笑った。

「見直したか」

「うーん、いまいちピンとこないけど。いてっ」

章吾が拳骨《げんこつ》を作って軽く千磨の頭を小突く。

ふと千磨は、女性客が何人も章吾を振り返って見ていることに気づいた。章吾の背後にいるカップルの女性も、連れの男性そっちのけで章吾に熱い視線を送っている。

(……そりゃそうだよな。章吾さん目立つし)

店内には若い男性客も大勢いるが、章吾の容姿は群を抜いている。性格には難ありだが、章吾が美形であることは認めざるを得ない。

「ほら、足元に気をつけろよ」

エスカレーターが終わりに近づき、章吾が再び千磨の肩に手を置いた。

「わかってるよ」

章吾の手からするりと抜けて、千磨は七階の子供用品売り場に降り立った。

色とりどりのベビー服やおもちゃの並んだ売り場を見て回る。

「赤ちゃんて男の子？　女の子？」

「男。こういう贈答品はいつも永島に任せてるから、何を買えばいいのかわからんな。こういうセットになったのでいいか」

千磨も一緒に覗き込む。ブランドごとに出産祝い用にベビー服や靴をセットにしたものが売られており、その中から選ぶのがどうやら一般的なようだ。とはいえ似たような商品がたくさんあり、どれを選んでいいかわからない。

「その従姉の人の好みとかは？」

「わからん。親戚の結婚式や法事で数えるほどしか会ったことないしな」

「そっか……あ、あれなんかどう？」

大きな熊《くま》のぬいぐるみが目に入り、千磨は小走りに駆け寄った。優しいベージュ色のぬいぐるみは、いかにも子供が好みそうだ。

「これ可愛いよ。これどう？」

のほほんとした熊の顔が気に入って、千磨は章吾を手招きした。

若い女性の店員が寄ってきて、にこやかに説明してくれる。

「こちらはすべてオーガニックの素材を使っておりまして、手触りがよくて赤ちゃんの肌にも優しいんですよ」

「ほんとだ〜、気持ちいい〜！」

熊の腹を撫でる千磨に、章吾が苦笑する。

「ではこれを。出産祝いで熨斗《のし》をつけてもらえますか」

「はい、かしこまりました」

店員が下がってから、千磨は熊の値札を見て目を剝いた。

「ちょ、これ、三万八千円もすんの⁉　うわ、ドイツ製？　ごめん、高すぎた？」

おろおろする千磨に、章吾が事もなげに言う。

「構わないさ。気に入ったんならお前の分も買ってやろうか？」

「ええ？　いいよ、ぬいぐるみなんて」

「だけどお前、これ見つけたとき目が輝いてたぞ」

「い、ら、な、い」

子供扱いされたようで、千磨はむっとして唇を尖らせた。

章吾が可笑しそうに笑い、伝票を持ってきた店員が不思議そうに二人を見比べていた。


「千磨、もうちょっとつき合え。ここの隣の別館、この間リニューアルオープンさせたばかりなんだ。都屋百貨店初のメンズ専門館で、企画段階から俺も参加したプロジェクトだ」

買い物を終えてエスカレーターを降りながら、章吾が機嫌よく切り出した。

「へえ、男物ばっかりなの？　見たい見たい」

「ああ、二十代から三十代をターゲットにしている」

二階の通路から隣接する別館に移動する。

二人で店内の案内図を眺めていると、ふいに背後から声をかけられた。

「……専務?」

振り向くと、社員証のプレートを付けた、まだ若いスーツ姿の男性だった。

「ああ、平田《ひらた》さん」

章吾も知っているらしく、笑顔で挨拶をする。同時にさりげなく客の視線から逃れるように、どちらからともなくフロアの隅《すみ》へ寄った。

「俺、外したほうがいい?」

小声で章吾に尋ねると「いや、いい」という答えが返ってきた。

「今日は店内の視察ですか?」

「いや、個人的な買い物だ。どうだ、別館は」

平田と呼ばれた社員はちらちらと千磨のほうを気にしつつ、小声で答えた。

「好調です。数字に現れている以上に、現場での体感といいますか……フロアに活気が戻ってきたのがわかりますよ。改装は大成功です」

「そうか」

千磨が初めて見る専務の顔で、章吾は穏やかに言った。

「メンズ専門館なんて、と上層部の一部は反対してましたけど、蓋を開けてみてこの大反響、大成功に、きっと驚いているでしょうね」

章吾は黙って微笑んだ。

「売り場の士気も上がってます。いやほんと、上層部の反対を押し切って下さった専務のおかげです」

平田は拳を握り、小声ながら熱弁をふるった。

「体裁《ていさい》だけ整えても売り場が共感してくれないと成功しないからな。今回のリニューアルの成功は、売り場の共感があったからこその成功だ。俺も感謝している」

章吾も静かに答える。

「百貨店部門については厳しい見方もあるようですが……現場は専務の方針を支持しています。専務の改革が通るように、我々もいっそう店を盛り上げていきますよ」

「ああ、これからも頼む」

章吾は上に立つ者の威厳を漂わせていた。初めて会ったときから偉そうなやつだと思っていたが、こういう場面では説得力を持っている。

（ふうん……章吾さんてほんとにちゃんと専務なんだ。仕事してるとこ、初めて見た）

大安寺家の御曹司で名ばかりの専務かと思いきや、百貨店の改装を手がけ、ちゃんと現場の支持を得ている。ちらりと章吾の横顔を見上げると、なんだか知らない人のように思えてきた。

章吾とは妙な経緯で出会ったので初対面の印象は最悪だったが、別の形で出会っていたらがらりと印象が変わっていたかもしれない。

(この強引で自分勝手な性格を知らなければ、見た目はかっこいいし地位もあるし仕事もできる感じだしなあ)

平田と別れて再びフロアを歩いていると、章吾がさりげなく売り場を見ているのがわかった。

「千磨、このフロア、どう思う?」

ふいに問われ、千磨は目をぱちくりさせた。

「どうって?」

「率直な感想を聞きたい。都内の大学に通う一大学生の目で見てどうだ?」

章吾の質問に、千磨は面食らった。少し間を置いて、おずおずと答える。

「だけど俺……服のブランドとか全然わからんし……」

「いいんだよ、お前がどう思ったのか聞きたい」

「そう言われても……広々してて綺麗だなーくらいしか……」

気の利いた返事ができない自分が情けない。都内の大学生といっても、ほんの少し前まで岡山の山奥にいたのだ。デパートだって年に数えるほどしか行ったことがなかった。

改めて、章吾と自分は別世界の人間なのだと思い知らされる。

「じゃあ質問を変えよう。デパートは好きか?」

「え？　うん」

「そうか。どういうところが好きなんだ？」

「えーと……デパート自体が好きっていうより家族でデパートに行くのが好きだった、かな。俺んちの場所知ってるよな？　デパートのある岡山の街まで遠くてさ。夏休みと冬休みくらいにしか連れてってもらえなかったんだけど……だからこそ特別っていうか、ただ連れてってもらうだけで楽しい場所だったから」

言葉を探しながら、千磨は正直な気持ちを告げた。

両親が生きていた頃も、叔父夫婦に引き取られてからも、デパートに連れていってもらえるのは田舎に住む千磨にとっては非日常で、それだけで特別な出来事だった。

ふと、前方から幼稚園くらいの子供を連れた若い夫婦がやってくる。父親のほうが子供と手を繋ぎ、何やら楽しそうにしゃべっていた。

自分が子供の頃を思い出して、千磨は思わず微笑んだ。

そんな千磨を見下ろして、章吾もふっと口元に笑みを浮かべる。

「俺は東京で生まれ育ったからデパートは身近にあったが、そういや両親と三人揃って行くことは滅多になかったな。うちは父親が忙しかったから」

ほとんど独白のように、章吾が呟く。

「俺の親父は百貨店部門の社長だった。俺も大きくなったら親父みたいになりたいと思っていた」

（そうなんだ……。そういや章吾さんも両親を亡くしてるんだっけ）

なんとコメントしていいかわからず、千磨は黙って章吾の隣を歩いた。

「おい……これどうだ？　似合いそうだぞ」

ふいに章吾が立ち止まる。

若者向けのフロアの一角で、ショップの前に小綺麗にまとめたコーディネートが展示してある。白いTシャツに水色のチェックのシャツ、ベージュのカーゴパンツというオーソドックスなスタイルだ。派手さはないが、ひとつひとつのアイテムの細部に工夫があって洒落ている。

「うーん、章吾さんには若作りすぎると思う」

「違う、お前にだ。ああちょっと、これ一式試着したいんだが」

章吾が近くにいた店員に声をかけ、勝手に話を進める。

「こちらですね。同じ物をお持ちします。試着室へどうぞー」

愛想のいい店員が店の奥の試着室へ案内してくれる。

「いや俺、別に服を買う予定は……」

「心配するな、買ってやるから」

「え、いいよっ」

押し問答しつつ、千磨は章吾に肩を押されて試着室に放り込まれた。

「着たか？」

「まだだよ！」

章吾にドアを開けられそうになり、千磨は慌てて着替えた。千磨の体格を見て店員が持ってきてくれた品は、どれもサイズがぴったりだった。

しかし値札を見て、目玉が飛び出しそうになる。

（Tシャツが一万円⁉　シャツが一万八千円⁉　カーゴパンツが……）

「サイズはいかがでしたか？」

店員に問われ、千磨は試着室のドアを開けた。

「ぴったりだな。これ一式もらおう」

千磨が答えるよりも早く、章吾が決めてしまう。

「ありがとうございますー」

店員がクレジットカードを受け取って下がり、千磨は章吾を見上げた。

「遠慮するな。うちのじいさんのわがままにつき合ってもらってるからな」

ここまできたら、もう遠慮しても無駄のようだ。

「ありがと……だけど会長のわがままってゆうか、章吾さんのわがままだと思うけど」

口ではそう言いつつ、内心千磨は嬉しかった。女物を着て八重に扮《ふん》した自分にしか用はないはずなのに、ちゃんと男物を買ってくれたのが嬉しい。

「だけど俺には章吾さんの金銭感覚が信じられないよ……」

「まあお前にはわからないだろうな。でも俺だって無駄な金は一銭も使ってないぞ」

「永島さんに聞いたんだけど、俺のクロゼットの服、全部あんたのポケットマネーなんだろ？どう見ても買いすぎなんだけど」

「必要な物じゃないか。せっかく揃えたんだからちゃんと着ろよ」

軽口を叩きながら駐車場へ向かう。

駐車場への連絡通路の入り口で、章吾はふと足を止めた。

向こうから歩いてくる年配の男性が、章吾の顔を見て「やあ」と右手を挙げる。

「これは専務。今日は店内の視察ですかな？」

平田と同じようなセリフを口にして、ぱりっとしたスーツ姿のその男は親しげに近づいてきた。

「いえ、個人的な買い物です」

章吾の声が明らかに強ばるのがわかった。

同時に、男の視線から隠すようにさりげなく千磨の前に立つ。

平田と違い、男は客の通行の妨げになっていることにも気づかない様子で、通路の入り口付近で仁王立ちになった。

「そうですか。いやね、私も個人的な買い物なんですがね。いやあマスコミが大々的に取り上げてくれたおかげで、ずいぶん賑《にぎ》わってるみたいですねえ」

「ええ、おかげさまで」

男がちらっと上目遣いで章吾を見て、少し声のトーンを下げる。

「しかしまあこういうマスコミの宣伝効果は一時的なものですからね。リニューアルを謳《うた》って客が来るのもほんの一時のこと。長期的に見たら、この改装は……どんなもんでしょうねえ」

嫌味な物言いに、千磨はこの男がどうやらリニューアルに反対していた上層部の一人らしいと察する。

(なんか感じ悪いな……まさか章吾さん、こんなところで言い争いとかしないよな？)

章吾の背後から、千磨は冷や冷やしながら成り行きを見守った。

「それはまだわかりませんね。けれど売り場のみんなが頑張ってくれてますので、私もできるだけのことをしようと思っていますよ」

「よしんば別館のリニューアルがうまくいったとしても、肝心の本館はどうなんです？　都屋グループに百貨店は必要かどうか、そろそろ考え直す時期なんじゃないですかねえ」

章吾の眉が、微かにしかめられる。

しかし千磨が心配したような言い争いにはならず、章吾はあっさりと退《ひ》いた。

「そうですね。その件はいずれまた。失礼いたします」

千磨の手を引いて、章吾はさっさと駐車場の連絡通路へ入っていった。

「……今の人が、反対派の幹部？」

車に乗ってから、千磨は尋ねた。

「そうだ。とある百貨店が、都屋百貨店を買収したがっている。都屋百貨店はここ数年業績が思わしくない。グループ幹部の一部は百貨店部門を売却するべきだと言っている」

ハンドルに手を載せて、章吾がまくし立てた。

「だけど、そもそも都屋グループの出発点は百貨店なんだ。何度か危機を迎えながらも、都屋百貨店は生き残ってきた。最大の危機を乗り越えたのが俺の親父だ。親父が守った都屋百貨店を、俺の代で潰《つぶ》すわけにはいかない……」

千磨は、章吾が言った言葉を思い出した。

――俺も大きくなったら親父みたいになりたいと思っていた。

（この人が俺を婚約者に仕立ててまでグループ後継者になりたがるのって……百貨店を残すため……？）

「……ここまでは俺の感情論だ。感情論だけでは商売はやっていけない。だけど、感情抜きで俺のビジネスマンとしての本能が、やはり百貨店を残すべきだと言っている。数字を見ても明らかなんだ。百貨店部門は必ず盛り返す。そして更なるチャンスがある。俺はそのチャンスを見逃さない自信がある」

章吾が黙り、車内がしんと静まり返る。

助手席で千磨は、ぼそっと呟いた。

「……俺、デパート好きだよ。今日も楽しかった」

章吾が千磨のほうへ顔を向ける。

「俺もデパートが好きだ。気が合うな」

口元に笑みを浮かべて、章吾はイグニッションキーを回した。

7

「ふう……今日も疲れた……」

永島による花嫁修業のレッスンを終えた千磨は、よろよろと自室にたどりついてドアを開けた。

茶道の稽古は一区切りついて、今は華道と書道を習っている。華道のほうは永島に「なかなかセンスありますね」と褒められたのだが、問題は書道だ。千磨は小学校のときからクラス一の悪筆家の名を欲しいままにしてきた実績がある。

(正座じゃないだけましか……)

永島もさすがに書道での正座は勘弁してくれた。というか、あまりの悪筆ぶりに、書道の心を説くより字の矯正《きょうせい》に集中したほうがいいと判断したようだ。

スカートのファスナーを下ろして脱ぎ捨て、ブラウスのボタンをぶちぶちと外す。忌々しいブラジャーを外し、胸を掻《か》き毟《むし》る。

(中が蒸れて痒いんじゃあ!)

女物のショーツは永島に内緒で穿かずに済ませているが、ブラは仕方がない。諦めて毎日つけることにしたのだが、この不快さにはどうにも慣れることができなかった。

シャワーを浴びてさっぱりし、千磨は自前のTシャツとパジャマのズボンを身につけた。

ベッドにごろりと寝転がり、レポートの資料用の本を読み始める。

（章吾さん、今夜も残業かな……）

千磨がレッスンを終えた時間にはまだ帰宅していなかった。一緒にデパートに行ったときのことを思い出し、デパート部門存続に向けて忙しいのだろうなと考える。

章吾のことを考え始めると、どうしてもキスされたことを思い出してしまう。

からかいついでのようなキスだったが、千磨にとっては初めてのキスだ。そうそう簡単に忘れられるものではない。

章吾の唇の感触や熱が生々しく甦りそうになり……千磨はぶんぶんと首を振った。

（思い出すなーっ！　あ、あれはカウントせんことにしたんじゃ！）

本の文字を目で追っているのに、内容はさっぱり頭に入ってこない。仰向けの体勢で本を広げていた千磨は、腕がだるくなってきて寝返りを打った。

ベッドに俯《うつぶ》せになって本を引き寄せると、胸にぴりっとした痛みが走る。

「!?」

乳首がTシャツの布地に擦れて痛い。

さっき掻き毟ったせいかもしれない。ベッドの上に座り、千磨はTシャツの襟首をびよーんと伸ばして中を覗き込んだ。

淡いピンク色の乳首が、いつのまにか丸い粒を作ってその存在を主張している。

「……っ」

章吾にブラの上から指で押されたときの感覚が鮮明に甦り、千磨はぶるっと震えた。

布地に擦れるほどに尖っている乳首を宥《なだ》めるように、千磨はTシャツの上から自分の胸を押さえた。

「あ……っ」

妙な声が出てしまい、慌てて自分の口を塞ぐ。

(え、ちょっと、なんで?)

今度は乳首ではない場所が疼《うず》き始めて、千磨は焦った。風呂上がりに穿いたボクサーブリーフの中身が不埒《ふらち》な熱を帯び始めている。

(やばい……最近してなかったし)

よそ様の家で自慰《じい》に耽るのはどうにも気恥ずかしくて、千磨はこの家に来てからほとんど自慰をしていない。あまり溜めると夢精してしまうので、バスルームで何度か処理しただけだ。

奥手な千磨は、十八になった今もまだ完全には性に目覚めていないようなところがある。同世代の男たちのように女性への強い欲求に悩まされたこともなく、たまに自慰をするのも夢精で下着を汚さないための予防策のようなものだった。

(さっき風呂で抜いとけばよかった……)

仰向けに横たわり、パジャマのズボンの上からそっと握り締める。下着の中でペニスが少し硬くなりかけていた。擦ったらすぐに勃起《ぼっき》しそうだ。

もう片方の手をTシャツの中に入れ……つんつんと尖っている乳首に指先で触れる。

「……んっ」

声を殺してズボンと下着を少しずらし、直にペニスを握る。

そのときドアをノックする音がして、千磨はぎくりとして手を止めた。

「千磨、ちょっといいか」

章吾の声だ。慌ててズボンを上げて、ベッドの上に体を起こす。

「な、何⁉」

ドアがばたんと開けられる。鍵をかけるのを忘れていた。

千磨の姿を一瞥すると、章吾は後ろ手にそっとドアを閉めた。千磨のベッドにつかつかと歩み寄ってくる。

(え、えっちなことしようとしてたのばれただろうか)

びくびくしながら、千磨は無意識にTシャツの裾を引っ張って股間を覆った。

「これ、永島からお前に渡すようにと預かってきた」

章吾が差し出したのは書道のテキストだった。今日のレッスンの際、自習用に買った教本を会社に置き忘れてきたと言っていたので、それのことだろう。

「あ、ありがと……」

礼を言いつつ、わざわざ今持ってきてくれなくても明日でよかったのに、と恨めしく思う。

千磨が受け取ろうとしないので章吾は怪訝そうな顔をし……テキストをベッドサイドのテーブルに置いた。

すぐに立ち去るかと思ったが、章吾は千磨のベッドの端に腰掛けた。

「……こないだの出産祝い、今日従姉からお礼の電話があった。すごく喜んでたぞ」

「ふーん、よかったねっ」

声が上ずってしまった。変に思われただろうかと顔が赤くなる。

章吾がベッドに手をついて、千磨の顔を覗き込む。

「顔が赤い」

「え、そう？　さっき風呂から上がったばっかりだからかなっ」

「何考えてたんだ？」

「ええっ!?」

章吾に問われ、千磨はあからさまに狼狽《うろた》えてしまった。

「……ここ、こんなにして」

章吾がにやりと笑って千磨の胸に視線を落とす。つられて千磨も自分の胸を見下ろした。

Tシャツの胸には、白いワンピースのときのように乳首がぷっちりと浮かんでいた。

「な、へ、変なこと言うなよ！　肌寒いときとか、普通にこうなるだろ！」

言い繕いながら、千磨は内心焦っていた。章吾の視線を意識した途端、乳首がますます疼き始めたのだ。

さっきまでの擦れて痛い感覚と違う、もっと内側から疼くようなもどかしい感覚で……。

「……えっ？」

呆然と自分の胸を見下ろしていると、いきなり章吾の手が伸びてきてベッドに仰向けに押し倒されてしまった。

千磨の両手首は章吾に片手でまとめて摑まれて、万歳するような格好で頭上に縫《ぬ》い止められる。

「やっぱり」

章吾の視線の先、千磨のパジャマのズボンの前ははっきりと膨らんでいた。

腕を持ち上げられているせいで、胸が章吾に向かって反らされる。Tシャツの胸はさっきよりもぴったりと肌に貼りついて、尖った乳首を強調していた。

布越しとはいえ、恥ずかしく疼いている三つの部分を章吾に凝視され、千磨は耳まで赤くなった。

「……は、離せよっ！」

章吾を罵倒《ばとう》するセリフも思いつかず、千磨は顔を背けてそれだけ言うのがやっとだった。

少しでも膨らみを隠そうと、もじもじと膝をすり寄せる。

そんな千磨を面白そうに観察し、章吾は千磨の耳に唇を寄せた。

「……手伝ってやろうか」

耳元で囁かれ、千磨はびくっと首を竦めた。

「ひゃ……っ！」

章吾の大きな手にTシャツの胸をそろりと撫でられ、思わず声が出てしまう。

「触んな！　離せってば！」

つんと尖った二つの乳首の感触を楽しむように、章吾は胸全体を手のひらで撫で回す。

それから手を広げて腹から胸に向かってゆっくりと撫で上げて、親指と中指で同時に二つの乳首を押した。

「ああ……っ」

指の腹で乳首をぐいぐいと押され、千磨は身悶《みもだ》えた。

初めて味わう不思議な快感だった。今まで乳首など意識したこともなく、ましてや自慰のときに乳首を弄《いじ》ったことなどない。けれどそこは、はっきりと官能に結びついている。

（やばい……）

下着の中で、勃起したペニスの先端から先走りが溢《あふ》れ出るのが自分でもわかった。反射的に膝をぎゅっと閉じ合わせる。

「ここ、感じるんだな」

章吾の声がいつもより掠《かす》れていて、それがやけに色っぽい。

乳首をなぶる手を止め、Tシャツの裾をまくり上げる。

「あ、や、やだっ」

白くて薄い胸が外気に晒され、それだけで千磨は下着を濡《ぬ》らしてしまった。

淡いピンク色の乳首をじっと見下ろし、章吾は今度は両手で直に触れてきた。親指と人差し指でつんと尖った小さな肉粒を摘《つま》み、くりくりとこね回す。

「痛っ、あっ、ああっ」

自由になった両手で章吾の手を胸から引き剝がそうとするが、まったく力が入らない。むしろ乳首への刺激をもっと欲しがって章吾の手を胸に押しつけているような格好になっていることに、千磨は気づいていなかった。

「あ……っ」

次第に頭がぼうっとしてきて、今自分が置かれている状況がわからなくなってくる。

この感覚は、自慰をしていてあと少しでいけるというときの快感に似ているような気がする。

「あ、あっ、ああん！」

甘い声を上げ、千磨は絶頂に上り詰めた。

下着の中で、熱い液体が迸《ほとばし》る。

（な、何これ……すごい……）

胸を激しく上下させながら喘《あえ》ぎ、千磨は目を閉じて快感の余韻《よいん》に浸《ひた》った。

つたない自慰しか知らなかった千磨にとって、初めて他人の手によって与えられた快感はあまりにも官能的だった。

「……乳首弄っただけでいったのか。すごいな」

章吾の声に、ようやくはっと我に返る。

自分の状況をはっきりと認識し、急速に熱が冷めてゆく。

「いっぱい出たみたいだな。もう一回風呂入るか？」

章吾の手がパジャマのズボンを引きずり下ろす。慌てて阻止《そし》しようとしたが、白濁《はくだく》でしっとりと濡れてしまったボクサーブリーフが露《あら》わになってしまった。白い布地に、ピンク色の小ぶりなペニスが透けている。

「やめろって、もう触んな！」

下着も脱がされそうになり、千磨は力の入らない手で必死に章吾の手を振り払った。

「恥ずかしがるなよ。男なら当たり前のことだろ」

章吾はそう言うが、乳首を弄られただけで射精するのは普通ではないような気がする。しかも粗相をしたように下着の中で漏らしてしまった。

じわじわと恥ずかしさがこみ上げてきて、わあっと叫び出したくなる。

章吾の視線からガードしようと、濡れた部分を手で覆う。

（……えっ？）

手を当てて、千磨はそこの状態にぎくりとした。そこはまだ硬さを保っていた。

こんなふうに、出した後も高ぶりが収まらないなど初めてのことだ。

「まだ出し足りないみたいだな」

笑いを含んだ声で章吾に指摘され、かあっと顔が熱くなる。

疼く場所を両手で押さえたまま、千磨は顔を背けて唇を噛んだ。

「……やっ、ちょ、ちょっと！」

章吾がベッドに座って、千磨を膝に抱き上げる。

後ろから抱っこされるような格好になり、千磨は逃れようと暴れた。

「ひゃっ」

一瞬股間をガードしていた手を離してしまい、その隙に章吾にそこを鷲掴《わしづか》みにされた。

大きな手で濡れた下着の上からやわやわと揉まれ、千磨は息を飲んで首を竦めた。

「触んな……っ！」

章吾の手を掴んで引き剝がそうとするが、また片手で易々《やすやす》と両手首を拘束されてしまう。

「あ……っ！」

章吾が下着をずり下ろし、千磨の白濁で濡れそぼったペニスを下からすくい上げるようにして直に握る。

他人にそこを触られるなど初めてのことだ。章吾の大きな手にすっぽり包まれ、そこは持ち主の意思に反して悦《よろこ》んで先走りを漏らした。

章吾が千磨の肩越しにしげしげと覗き込む。

「お前……まだ毛も生えてないのか」

「なっ、は、生えてるだろうが！」

密かに気にしていたことを指摘され、千磨は真っ赤になった。淡く柔らかな陰毛は申し訳程度にしか生えていなくて、初々《ういうい》しいペニスを隠してはくれない。

「もう離せ、あっ、ああっ」

章吾がゆっくりと千磨のペニスを扱《しご》き始める。

自身の放った精液と先走りが、章吾の手をしとどに濡らす。

「や、あ、あんっ」

章吾が擦るたびに濡れた音がして恥ずかしい。章吾の狼藉《ろうぜき》を阻《はば》むように太腿を閉じようとすると、章吾の手が追い上げるように動きを早めた。

「あっ、あ、あっ！」

初《うぶ》な体はあっけなく二度目の射精を迎えた。フローリングの床に薄い精液が飛び散る。

（あ……で、出ちゃった……）

一瞬自分がいったのがわからなかった。肩で息をして、千磨はぐったりと章吾の胸にもたれかかった。

「気持ちよかったみたいだな」

耳元で囁かれ、千磨はびくっと背筋を震わせた。

「ち、違……っ」

「何が違うんだ。あんな可愛い声出して」

「ひゃんっ！」

残滓《ざんし》を絞るように扱かれて、千磨は図らずも可愛い声を出してしまった。

章吾の熱い吐息が耳にかかり、くすぐったい。

「洗ってやろうか？」

少し笑いを含んだ声で章吾に言われ、千磨の中で何かがぷつんと切れる。

「離せ！」

肘で章吾の体を突く。いったばかりで力が入らなかったが、肘鉄の反動で自分のほうが床に倒れこんでしまった。

床にぺたりとしゃがみ込み、千磨は潤《うる》んだ目で章吾を睨み上げた。

「男同士なんだから、そんなに恥ずかしがらなくていいだろう」

軽く言われて、ますます怒りがこみ上げる。

大人で経験豊富そうな章吾から見れば、千磨の射精は粗相のようなものだったに違いない。性的なことに関しては未熟である自覚はあるが、それを章吾にからかわれるのはひどく屈辱的だった。

「出てけ！」

目にいっぱい悔し涙を溜め、千磨は床にへたり込んだまま章吾の足を思い切り蹴った。

「……そんなむきになるようなことじゃないだろ」

章吾がつまらなさそうに言ってベッドから立ち上がり、背を向ける。

章吾が部屋を出ていくと、千磨はよろよろと立ち上がってベッドに倒れ込み、枕を顔に当てて大声で叫んだ。

（嫌なやつ……！　こないだはちょっと見直したけど、やっぱりあいつ最低だ！）

喉が痛くなるまで、千磨は叫び続けた。

8

翌日、千磨は鬱々《うつうつ》と過ごしていた。

(最悪だ……もうあいつと顔合わせたくない)

幸い朝食の席に章吾はいなかった。早朝会議があるとかで、先に出社したらしい。

大学に登校してからも夕べの失態が頭から離れず、授業中に一人で赤くなったり叫び出したくなったりそのたびに衝動を抑えたりで、講義の内容はさっぱり覚えていない。

講義を終えて教室から出たところで永島から携帯電話に連絡が入り、どうしても抜けられない会議があるので今日は迎えに行けない、花嫁修業も休ませてほしいと言われ、千磨は正直ほっとした。

今はとても花嫁修業をする気になれなかった。

久しぶりに電車に乗り、最寄りの駅から大安寺邸まで歩いた。いつも車で送迎してもらっているので、実際に屋敷の界隈《かいわい》を歩くのは初めてだった。

車からでは気づかなかった木や花の発見があり、それがほんの少し気晴らしになる。

屋敷に帰ってからも勉強する気になれず、千磨は一人で庭に出てみた。

大安寺家の庭は週に何度か庭師が通ってきて手入れをしている。屋敷同様かなり広くて、散策ができるように石畳の小径《こみち》が作ってある。

小径に沿って歩くと、見事に薔薇《ばら》が咲き誇っている一角に出た。

（へえ、薔薇もあったんだ。俺の部屋からは見えない位置だからなあ）

立ち止まって千磨は薔薇の花壇を眺めた。同じように見える薔薇も、よく見ると咲き方や花の形の違いがあって面白い。

「八重さん」

ふいに背後から声をかけられ、千磨は振り返った。声をかけたのは会長だった。

「あ……こんにちは」

ぼけっと薔薇に見とれていた千磨は、慌ててぺこりとお辞儀した。最近はちょくちょく顔を合わせているのだが、こうして二人きりで話すのは初めてだ。

「今日は永島くんは休みか？」

「はい、どうしても抜けられない会議があるそうで」

「そうか……。どうだ、だいぶ慣れたかね」

会長に問われ、千磨は少し迷ってから「はい」と頷いた。花嫁修業にはだいぶ慣れてきて、苦手の書道もなんとか及第点をもらえるレベルに到達できそうだ。

「ちょっとそこに座らんか」

会長が小径の先にある小さな東屋《あずまや》を指す。木製の東屋には屋根がついていて、庭を眺めるのによさそうな場所だ。頷いて、千磨は会長の後に従った。

「八重さんがうちに来て、もう二ヶ月以上経つんだな」

会長に言われて、千磨はもうそんなに経ったのかと驚いた。ここに来てからの日々はめまぐるしくて、あっというまに時間が過ぎていった気がする。

会長はそれ以上何か言うこともなく、黙って庭の花々を眺めている。

千磨は前から気になっていたことを聞いてみることにした。

「あの……私を章吾さんの婚約者に、というのは占い師のかたがそう言われたからだと聞きましたが……本当に私でよかったのでしょうか」

それは常に千磨の心の中にあった疑問だ。

千磨は占いなど信じていない。都屋グループの会長ともあろう人物が、占い師の言った言葉に振り回されるというのはどうにも信じがたかった。

自分は嫁に相応しくないのでは、という謙遜《けんそん》に見せかけて、会長が本当に占いを信じているのかどうか探りを入れてみる。

「はは、占いで嫁を決めるなんて、さぞかし驚いただろう。私も若い頃は占いなんて信じちゃいなかった。だが数年前に大病を患《わずら》って少々弱気になってしまってな……自分の決断に迷いが生じてきた。そんなとき占い師を紹介されて、少しずつ占いに頼るようになったんだ」

会長が言葉を切り、千磨のほうを見て表情を緩めた。

「けど、頭から信じているわけじゃない。何かを決めるとき、自分の意思以外の何かに背中を押してもらいたいんだろうな……迷ったときにどうするか、占いはアドバイスのひとつと考えている」

会長が意外と冷静な考え方をしていることに、千磨は安堵《あんど》した。

東屋のベンチから身を乗り出し、会長が悪戯《いたずら》っ子のような笑みを浮かべる。

「章吾と接していて君もとうに気づいてるだろうが、あいつは強引すぎるところがある。仕事に関してもなかなかのやり手だが、自分の意思を押し通すために、ときにワンマンと見られても仕方のないような行動に出てしまう。こうと決めたら他人の意見に耳を傾けたがらないようなところがあってな」

思わず千磨は、うんうんと頷いた。

「……死んだあいつの父親もそうだった。父親のほうはまだ意見を聞くふりをするくらいの分別はあったんだがな」

章吾の父親の話が飛び出して、千磨ははっとした。一緒にデパートに行ったときに章吾から少し話を聞いたが、それ以上のことは知らない。

「親の私が言うのもなんだが、章吾の父親はずば抜けたビジネスの才覚があった。百貨店の危機を乗り越えた手腕は流通業界の伝説になっているくらいだ。章吾はそのときの苦労を間近で見ている。だから、多少強引な手を使ってでも百貨店を守りたいのだろうな」

会長は、章吾の百貨店への思い入れをちゃんと知っていた。祖父と孫なのだから当然かもしれないが、会長と章吾は仲が悪そうに見えたので意外だった。

「私は章吾が成人した頃から、あいつに都屋グループを継がせる気でいた。あいつには父親譲りのセンスがある。この間うちに来た達也もなかなか優秀だが、章吾には敵わない。章吾には、将来を見据えてグループ全体を指揮し、運営していける力がある。けれど現状では何かが足りない」

会長はしわの刻まれた両手を握り合わせて、噛み締めるように語った。

「それで、占い師に助言を仰いだ。章吾が後継者となるには、いったい何が必要なのかと」

会長が千磨の顔を見て、にっこりと笑った。

「あとは君も知ってのとおりだ。占い師は『あなたの恩人の血を引く者が章吾さんのパートナーとなったとき、事態は好転します』と言った」

会長は会長なりに、章吾を後継者にするために心を砕いていたのだ。千磨は会長の章吾を思う気持ちにしんみりとしてしまった。

「結婚の話は私の一存だ。いやね、パートナーというのはてっきり配偶者《はいぐうしゃ》という意味だろうと思ってしまってな。パートナーという言葉には伴侶《はんりょ》という意味もあるが、仲間とか相棒《あいぼう》とかそういう意味もあるのに」

「占い師のかたは結婚するべきだと言ったわけではないんですか……」

「ま、そうなんだが、これを機に章吾もそろそろ身を固めてもいいかと思ってな。占い師の言葉を聞いて、八千代さんのお孫さんならきっといいお嬢さんだろうと思って、遺言書には結婚を条件にすると書いてしまった」

会長が悪戯を見つかってしまった子供のように少し気恥ずかしげに、しかしさほど悪びれずに言った。

(俺も章吾さんも、結局おじいさんのわがままに振り回されてたのか……)

笑顔を維持したまま、千磨は心の中でがっくりと項垂《うなだ》れた。

「ああ……君は本当に八千代さんによく似ている」

会長が眩《まぶ》しそうに目を細めた。千磨の顔をしげしげと見つめ、何度も頷く。

(あれ、もしかして)

会長が小学生のとき祖母は大学生で、年齢は十ほど離れているが、もしかしたら当時会長は祖母に憧《あこが》れのような気持ちを抱いていたのかもしれない。

「失礼します、お茶をどうぞ」

いったいどこから見ていたのか、家政婦の小坂が二人分の紅茶を運んできてくれた。

「や、こりゃどうも」

「いただきます」

二人で小坂に礼を言い、紅茶に口をつける。

アールグレイの香りが気持ちを和《なご》ませ、千磨はこうして会長と二人で庭でお茶を飲む機会が得られたことに感謝した。

(会長はセレブだから庶民の俺にはちょっと理解しがたいところもあるけど……でも章吾さんのためを思ってやってたんだな。なんかやり方が的外れって気がしないでもないけど、ばあちゃんの縁でここに来たからには、ちょっとは役に立ちたいなあ……)

二人で庭を眺めながらお茶を飲んでいると、小径の向こうから篠塚がやってきた。

「会長、ここにいらしたのですか。本社からお電話です」

「お、すまんすまん。ちょっと抜け出すつもりが長居してしまった。八重さん、ごゆっくり」

会長が立ち上がり、あたふたと母屋《おもや》へ駆けてゆく。

「こんにちは、今日は花嫁修業はお休みですか?」

篠塚に話しかけられ、千磨は「ええ」と頷いた。

「講師の永島くんは会議かな……。今は何を習っているんですか?」

「書道です。もう少ししたら、今度はお料理を習います」

篠塚としゃべりながら、千磨は紅茶のカップをトレイに載せた。

「あ、私が持ちますよ」

「すみません」

キッチンに戻しに行こうとしたトレイを、篠塚がさっと横から受け取ってくれた。並んで小径を歩きながら、ぽつぽつとしゃべる。

「会長のあんな楽しそうな顔を見たのは久しぶりです」

「そうなんですか？」

「ええ、章吾さんとは滅多に話をされませんし……あ」

篠塚が前方を見て、驚いたような声を発した。

「専務！」

その言葉に、千磨も顔を前に向ける。

小径の向こうに、章吾が立っていた。ひどく機嫌が悪そうだ。

「今日は会議だったはずでは……」

篠塚が怪訝そうに問う。

「……あんなんじゃ話し合いにならないから抜けてきた」

声に怒気が漲《みなぎ》っていた。こんなに機嫌の悪そうな章吾を見たのは初めてだった。

(会議？　もしかしてこないだの百貨店部門の売却とかそういう話かな)

「またですか。これで何度目です？　会長に心配をかけるようなことは慎んで下さいと前にも申し上げたはずです」

篠塚が、いつもの穏やかな話し方からは想像もつかないような強い口調で章吾を責めた。

どうやらこの会長秘書は章吾に意見できる数少ない人間のうちの一人らしい。道理で章吾が苦手そうにしていたわけだ。

「…………」

篠塚をじっと見て、章吾は何か言いかけようとしてやめた。くるりと背を向けて、そのまま大股で母屋へ向かう。

「……章吾さん！」

思わず千磨は、章吾の後を追いかけた。

玄関ホールに駆け込むと、ちょうど章吾が階段を上っていくところだった。

「章吾さん、待って！」

「……なんだ？」

章吾が立ち止まり、階段の上から千磨を見下ろす。

千磨は階段を駆け上がって章吾のスーツの裾を摑んだ。

どう言えばいいのかわからないが、会長が章吾を心配している気持ちを伝えたい。

「えっと……あの、俺は仕事のことわかんないけど」

「じゃあ口を出すな」

ぴしゃりと章吾に遮られ、千磨はむっとした。

「仕事のことはわかんないけど！　でも会議を何度も抜け出すってあり得ないだろ！」

「話し合いにならない会議など無駄だ」

「だけど、それでも話し合わないといつまで経っても平行線だろ？　たとえ意見が合わなくても、話し合うことで何かしら現状を打破する手立てが見つかることってあるじゃん」

「俺に説教する気か？」

章吾は千磨の手を振り切って二階へ上がり、千磨の寝室のある西側とは逆の、東側へ歩いていく。

千磨も階段を駆け上がり、章吾の後を追った。

「おい、聞けよ！　ああもう、お前見てると小学校んときの学級委員のやつ思い出す！　クラスでなんか決めるときも自分の意見ごり押しして勝手に決めたり、それ指摘されるとへそ曲げたり、そっくりじゃ！　お前も学級委員やっとっただろ、そんで反対意見出たら不機嫌になって、話し合いをめんどくさがったりしとったんじゃろ！」

千磨がまくし立てるのを章吾は唖然と見守り……数秒後、我に返ったように千磨の腕を掴んだ。

「来い。じいさんや篠塚に聞こえるだろう」

千磨を引っ張って、自分の寝室に連れ込む。

「うわ、とっ」

勢いでつんのめり、床の上に転びそうになる。後ろ手にドアを閉めた章吾が、素早く背後から千磨の腰を抱き支えた。

「なんで俺が万年学級委員だったって知ってる?」

「あ、やっぱり? 俺の言ったこと、当たってたんだろ」

「当たらずとも遠からず……といったところだな」

「お前見てると想像つく。そういや中学のときもいたな。文化祭の出し物で揉《も》めて、反対派を購買のカレーパンで買収しようとしたボンボンが」

「俺はそこまで卑怯《ひきょう》じゃない」

むっとした声でそう言ってから、ふいに背後で章吾が噴き出した。

「カレーパンで買収! さすがに俺もそれは思いつかなかった」

「おい、離せよ」

「まいったな……お前にかかると一気に学級会レベルか」

「根は同じようなもんだろ」

「かもな」

「……ちょっと! 離せってば!」

腰を支えていただけの手がだんだんとお腹に巻きつき、背後から抱き締められるような格好になって千磨は焦った。今更ながら夕べ章吾にされたことを思い出す。

つい章吾の態度に意見したくて追いかけてきてしまったが、この体勢はまずい。ますます強く抱き締められ、千磨は章吾の腕の中で暴れた

「わかったら会議に戻れよ！」

「今日は無理だ。また後日招集《しょうしゅう》する」

「ちゃんと謝れよ？」

「……検討する」

会話しながら章吾と千磨の攻防が繰り広げられる。暴れる千磨の体を、章吾はくるりと反転させた。

背中をドアに押しつけられ、両手首を拘束される。夕べと同じようなポーズに、千磨はびくっと震えた。

（うわ、なんかやばい……！）

章吾にじっと見下ろされ、千磨はそっぽを向いた。頬がかあっと熱くなるのがわかる。

「それにしても、子供に子供扱いされるとはな……」

「俺は子供じゃないよ！」

「確かに、体はもう子供じゃなかったな」

「な……っ、んんっ！」

夕べの件を匂わせるようなことを言われ、千磨が抗議のために顔を上げた途端、唇を塞がれた。

（キス!?　なんで今!?）

千磨にとって二度目のキスだ。

章吾の唇が、千磨の唇を啄《ついば》む。熱い舌が千磨の唇をなぞり、口の中に割って入ろうとする。

（そうはさせるか……！）

初めてのときは章吾に強引に舌を入れられてしまったが、千磨は歯を食いしばって舌の侵入を阻止した。

そうしている間も手首の拘束を外そうと試みるが、びくともしない。

千磨の抵抗に苛立《いらだ》ったように、章吾が一旦唇を離す。

「……っ、おい、離せ！」

章吾が千磨の抵抗を封じるように、正面から千磨の腕ごとしっかりと抱き締め直す。

「ちょっ……ふがっ！」

抱き寄せられて顔を上げた途端、章吾に鼻を摘まれて千磨は目を剝いた。章吾が容赦《ようしゃ》なく摘むので、息が苦しくて口が開いてしまう。

「んんー！　んうーっ！」

千磨の唇が開いた途端、再びキスされる。

（卑怯だぞ……！）

上顎を舐められて、それだけでがくんと腰が抜けそうになる。

それを察したのか、章吾が大きな手でがっちりと千磨の腰を支えた。

「あ……っ」

体の芯《しん》が熱くなり、体の奥底に眠る官能に火がつくのが自分でもわかる。両手が自由になったのに、章吾の手を振りほどくこともできない。

千磨には他に経験がないので比べようがないが、章吾のキスは多分かなり巧《たく》みだ。

体が高ぶってしまいそうになり、千磨は顔を背けてキスから逃げた。

章吾が小さく笑う気配がして、千磨の耳たぶを甘噛みする。

「ひゃあ！　な、何すんだよ！」

「婚約者なんだからこれくらい当たり前だろ」

章吾がちゅっと音を立てて目尻にキスをする。

「や、やめろってば……っ」

目尻から頬へ、頬から耳たぶ、そして首筋へと唇がたどっていく。

後ろ頭を撫でられ、うなじの辺りがじんわりと熱くなる。

章吾は最初のときのように千磨を性急に追い上げたりはしなかった。まるで味見をするように、千磨の首筋や鎖骨を軽く吸っていく。

「ん……っ」

章吾の唇が再び千磨の唇に戻ってきたが、無理やり押し入るようなことはせずに唇の表面を軽く啄む。

くすぐったいような気持ちいいような、胸の奥がじわっと熱くなるようなキスだった。

まるで恋人同士がじゃれ合うようなキスに、千磨の体から自然と緊張が解けてゆく。

「……こないだのあれ、初心者のお前には刺激が強すぎたか?」

耳元で囁かれ、千磨はびくんと首を竦めた。

数秒経ってから意味を理解し、甘い気分に流されそうになっていた千磨は眦《まなじり》をつり上げた。

「な……な……っ」

口をぱくぱくさせて罵倒のセリフを探していると、章吾が口元に笑みを浮かべて千磨の髪を撫でる。

「もっと色々花嫁修業を積まないとな」

「……ふざけんな!」

渾身の力で章吾を押し返そうとするが、章吾は素早く避《よ》けて可笑しそうに笑った。

(このやろ……っ!)

またからかわれた。章吾のキスに、一瞬でも身を委《ゆだ》ねてしまった自分が腹立たしい。

「何が婚約者だ! 俺は、そ、そういう相手じゃねーだろ!」

そう言い捨てて、千磨は震える手で寝室のドアを開けた。再び捕まらないうちに、早くここから逃げ出さなくてはならない。

がくがくする足を叱咤し、千磨は必死で走って自室に逃げ込んだ。

◇◇◇

その日の夜は、会長と篠塚、章吾と千磨の四人で夕食のテーブルについた。

千磨のテーブルマナーのレッスンはほぼ完璧との太鼓判《たいこばん》を押され、先週から別室でのレッスン形式ではなく会長と一緒に食べることが増えている。達也との会食を経験して以来、千磨は食事の席で緊張することがなくなった。

しかし今夜は嫌な感じの緊張感にさいなまれている。

向かいの席の章吾を意識してしまい、居心地が悪いことこの上ない。

（考えてみたら二日続けてセクハラされてる……！　何が花嫁修業だ……っ！）

夕べいやらしいことをされ、それを許してもいないうちに無理やりキスされてしまった。

つい正面の章吾の口元を凝視してしまい、千磨は慌てて俯いた。

（今思い出すなー！）

そう言い聞かせるが、唇に熱い感触がありありと甦ってくる。

それを吹き飛ばすように、千磨は食べることに集中した。

「章吾、お前また会議を抜け出したそうだな」

ワインを傾けながら、会長が章吾に今日の会議の件を問いただす。

「何度も言ってるだろう。反対派の意見に耳を閉ざすというやり方は……」

「ああ、じいさんの言いたいことはわかってる。さっき八重にも同じこと言われた」

章吾がうるさそうに手で制した。

「ほう、八重さんが？　こう言ってはなんだが……意外だな」

会長の視線を感じ、千磨はフォークを持つ手を止めた。まさか章吾に暴露されると思わなかったので動揺する。

「意外なもんか。八重は結構ずけずけ言うぞ。この俺に説教しようとするし」

（おいおい……八重は大人しくて控えめなお嬢さんって設定じゃなかったのか？）

千磨に意見された腹いせかと思ったが、ちらっと見ると章吾は別に不機嫌というわけではなさそうだ。むしろ面白そうに口元に笑みを浮かべている。

会長が章吾と千磨を見比べて、「ほうほう」と繰り返す。

「八重さん、こいつにはがつんと言ってやって下さい。私の言うことなんか聞かないんでね」

「はあ……」

千磨は曖昧に頷いた。

会議の件はそれ以上話題に上ることもなく、あとは無難な世間話になった。

食事を終えると、千磨と章吾は帰宅する篠塚を見送りがてら、連れだって玄関ホールへ歩いていった。

「ん？　電話だ。ちょっと失礼」

ポケットの中で携帯電話が鳴り出し、章吾が液晶画面を確認して通話ボタンを押す。

相手はどうやら永島らしい。章吾が背を向けて話し始めると、篠塚がそっと千磨に近づいた。

「あの後、章吾さんが本社に電話して会議を抜け出したことを謝ったそうですよ。幹部連中が驚いてました」

「……そうなんですか」

やり合った甲斐《かい》があったようだ。千磨はほっと胸を撫で下ろした。

「あの章吾さんが、八重さんの説得には耳を傾けるんですね。誰の意見も聞かないと思っていたのでびっくりしました」

そう言われて、なんとなく照れくさい気分になる。

「私は永島くんと違ってどうにも黙っていられないたちなので、章吾さんにはつい意見してしまうのですが、反発されっぱなしですよ。やはりあなたは、章吾さんにとって特別な存在なのでしょうね」

「そんな、私は別に……」

千磨を見下ろして、篠塚が柔和《にゅうわ》な笑みを浮かべた。

「特別ですよ。今日一緒に食事していて思ったんですけど、章吾さんのあなたを見る目がとても優しいですしね」

「……え？」

篠塚に言われた言葉を反芻《はんすう》し、千磨の頬がじわじわと熱くなってきた。

(俺を見る目が優しい？　まさか)

ぎこちなく笑って、千磨は否定しようとした。

「ま、またそんな」

「本当ですよ。章吾さんのあんな顔、初めて見ました」

なぜか顔がどんどん熱くなる。章吾が電話を終え、通話ボタンを切る音がした。

「どうもごちそうさまでした。それじゃあ私は失礼します」

章吾と千磨に挨拶し、篠塚が玄関を出ていく。玄関ホールに章吾と二人きりになり、千磨は赤くなった頬を隠すように両手で押さえた。

「……篠塚と何を話してたんだ」

抑揚《よくよう》のない口調で、章吾がぼそっと切り出した。

「え？　別に……」

まさか章吾の前で言えるはずもなく、千磨は目線を泳がせながら曖昧な返事をした。

「じゃあなんで赤くなってるんだ」

「ええっ？　なってないよ！」

「なっている」

章吾がやけに絡んでくる。夕食のときにワインをグラスに二、三杯飲んでいたようだが、もしかして酔っているのだろうか。

「篠塚は会長側の人間だぞ。親しくするなと言っただろう。男だとばれたらどうするんだ」

章吾が千磨の手首を掴み、千磨を責める。

「ちゃんと気づかれないように気をつけてるよ！」

むっとして、千磨は言い返した。手首を握った手を振り払う。

「篠塚を見て赤くなってたよな。ああいうのがタイプなのか」

「はあ？　タイプってなんだよ？　いい加減にしろよ」

章吾の見当違いのセリフに、千磨はだんだん腹が立ってきた。

「俺もう寝る。おやすみ」

章吾に背を向けて階段を上り始める。

(なんだよ変なこと言いやがって……全然優しくなんかないし)

先ほどの篠塚の言葉は、やはり篠塚の勘違いだったようだ。

ほんの一瞬でも甘い気分に浸ってしまった自分が恥ずかしい。

千磨が階段を上りきった辺りで、背後から章吾が駆け上がってくる足音がした。

「……!?」

いきなり体が宙に浮く。

章吾に横抱きに抱き上げられたのだと気づくまで、たっぷり五秒ほどかかってしまった。

「何してんだよ!? 降ろせよ!」

章吾は黙って千磨を抱き上げたまま廊下をずんずん歩く。

「降ろせ!」

脚も上半身も章吾にがっちりと強く摑まれており、少々暴れても抜け出せなかった。

章吾が自分の寝室のドアを乱暴に蹴り開ける。ここに来るのは二度目だ。

窓から月明かりが差し込んで、薄暗い部屋をぼんやりと照らしている。先ほどは見渡す余裕もなかったが、広い部屋にはダブルサイズのベッドが置かれていた。

「うわ……っ!」

ベッドの上にどさりと降ろされる。同時に章吾が覆い被さってきて、千磨の体の上に馬乗りになった。

「お前は俺の婚約者だ。他の男に色目を使うな」

「はああ!?」

ベッドに押し倒された千磨は、目を見開いた。一瞬章吾が冗談を言っているのかと思ったが、真上から自分を見下ろしている章吾の目は笑っていなかった。

「永島の花嫁修業だけでは躾が足りていないところがあるな。俺が厳しく躾けてやる」

「躾!? なんだよそれ」

「花嫁に一番必要な躾だ」

「いったい何を……っ」

言い争いながら、ベッドに押さえつける章吾の手を跳ね返そうとする。

しかし章吾の力はやたらと強くて、千磨が渾身の力を振り絞ってもびくともしなかった。

「まったく、うるさい口だ」

章吾が片手を外して、千磨の頰を鷲掴みにする。

「ああ？　……んうっ!?」

千磨の口答えを封じるように、章吾が千磨の唇を塞ぐ。

章吾の舌が性急に千磨の口腔に侵入してきた。

「う、んうーっ」

息苦しくて、涙が滲んでくる。

逃げ惑う千磨の舌を捕らえ、章吾の舌がねっとりと絡んでくる。

(やばい……っ)

章吾のキスは、千磨の体を容易《たやす》く高ぶらせてしまう。また勃起してしまいそうで、千磨は顔を背けて逃げようとした。

「んんっ」

章吾が角度を変えてより深く口づける。

口の中の官能が、電気のようにびりびりと全身に伝播《でんぱ》してゆく。

(っ!)

章吾の手がブラウスの上から胸をまさぐった。パッド入りのブラに阻まれているが、乳首はつんつん尖ってその位置を主張している。そこを触られるとまずい。

胸をまさぐる手から逃れようと、慌てて体をよじる。

「……ぷはっ」

ようやくキスから解放されるが、ブラウスの胸を乱暴にはだけられた。びりっと布が裂けるような音がしたので、どこか破れてしまったかもしれない。

「うわあ! よ、酔っぱらってんのか!?」

ブラをたくし上げられて平らな胸が露わになる。凝った乳首に唇を寄せられそうになり、千磨は慌てて章吾の肩を押した。

「酔っぱらってない」

「じゃ、じゃあお前……ほ……ホモなのか?」

「違う。俺は男に欲情したことなんかない」

章吾がむっとしたような表情で答え、千磨の乳首を口に含む。

「うわ、ちょっと、あ、ああんっ」

熱い唇で敏感な乳首を覆われ、抗議の声は喘ぎ声に変わってしまう。

左の乳首をねぶりながら右の乳首を指で摘んでくりくりと転がし、章吾がふっと笑った。

「いい反応だ……お前は素質がある」

「……や、やめろ……っ」

唇と指で執拗に乳首を弄《もてあそ》ばれ、千磨は首を左右に振って身悶えた。

昨日と同じように、乳首を弄《いじ》られただけで初なペニスは完全に勃ち上がっている。下着の中で先走りが漏れてしまうのがわかり、千磨は目尻に涙を浮かべた。

(また出ちゃう……！)

「……怖がらなくてもいい。昨日、気持ちよかっただろう？　今日はもっと気持ちいいことをしてやる」

章吾の囁きが、快感でぼうっとしてきた頭に甘く響く。

確かに、昨日のあれは恥ずかしかったけれど気持ちよかった。

(だけど……だめだ……っ！)

性的な快感に目覚めたばかりの体には章吾のその言葉はひどく魅惑的だったが、千磨は必死で章吾の肩を押し返した。

「し、しなくていい！」

顔を真っ赤にして抵抗すると、章吾がむっとしたように吐き捨てた。

「強情だな。この体に、花嫁の心得を教えてやる」

章吾に乱暴に膝丈のスカートをまくり上げられ、先走りに濡れた下着が露わになる。

「あっ、あんっ」

ボクサーブリーフの上から可愛らしい膨らみを撫でられて、千磨は反射的に膝を閉じた。

布地が濡れた感触を楽しむように二、三度ゆっくりと撫でてから、章吾が下着をずり下ろす。

初々しいピンク色のペニスがぷるんと飛び出して、章吾のスーツの胸に透明な雫《しずく》を飛ばす。

「ああ……っ!」

いきなり章吾に勃起したものを咥《くわ》えられ、千磨は背を弓なりに仰け反らせた。

千磨の小ぶりなペニスは章吾の大きな口にすっぽりと覆われる。熱い舌でねっとりと舐め上げられ、射精を促すように吸われる。

「あっ、う、ああーっ!」

初めて味わう粘膜での刺激に、堪え性のないペニスはあっけなく上り詰めた。

「あっ、やだっ、吸うなってば……っ」

射精中に更に搾り取るようにきつく吸われて、千磨は身悶えた。口腔での愛撫《あいぶ》から逃れたくて章吾の頭を押しやるが、手に力が入らない。

章吾が千磨の残滓《ざんし》を舐め取りながら、笑いを含んだ声で囁く。

「気持ちよかっただろ。これがフェラチオだ。よく覚えておけ」

章吾が体を起こし、にやりと笑って口元を手の甲で拭う。

（変態……！）

真っ赤になって、千磨は顔を背けた。ころんと寝返りを打って俯せになり、枕に顔を押しつける。赤くなった顔を章吾に見られたくなかった。

章吾が一旦ベッドを降り、服を脱ぎ捨てていくのが気配で伝わってくる。

「……!?」

まだ体に貼りついたままだったブラウスとスカートを剝ぎ取られる。全裸に剝かれ、千磨は枕から顔を上げて振り向いた。

「うわ……！」

ベッドサイドに立つ章吾も、すべて脱ぎ捨てて裸になっていた。

窓からの月明かりに、浅黒く逞しい体が浮かび上がる。バランスよく付いた筋肉の陰影が美しい。

（……すごい……）

千磨の目は、章吾の体の中心で猛々しく脈打つ牡《おす》の象徴に吸い寄せられた。

反り返った章吾の勃起は、長さも太さも千磨のものとは比べものにならないほど大きい。形も成熟した大人のそれで、太い茎の部分には血管が浮き出し、亀頭が大きく張り出している。

「男のこれを見たのは初めてか？」

章吾がからかうように言って、ベッドサイドのランプを点ける。

ランプの明かりに章吾の体がはっきりと映し出され、千磨は慌てて目をそらした。

「あ、あほか！　俺も男だから見たことあるわい！」

章吾がぎしっと音を立ててベッドに膝をつく。背後から覆い被さられて、千磨はぎょっとして体を竦ませた。

(うわ、あ、当たってる……！)

先ほど目にした章吾の逞しい勃起が、千磨の尻の割れ目にぴったりと押しつけられる。

(すごい……硬くて太くて……)

章吾がゆるゆると腰を動かして、大人の牡を誇示するように千磨の尻に擦りつける。

自分の未熟なペニスとは全然違う感触に、千磨はぶるっと背中を震わせた。

「や、な、なに⁉」

章吾が焦れたように動きを止め、千磨の体をひっくり返した。

千磨の白い肢体がランプの明かりに晒される。いつのまにか自分のペニスが再び頭をもたげているのを知って、千磨はそこを両手で覆った。

章吾のものと比べると、あまりに幼くて恥ずかしい。

「み、見んなよ、おいちょっと！」

章吾が千磨の両手首を摑んで、ベッドの上に放り投げてあったネクタイでひとつに縛り上げる。

「うわぁ！　何すんだよ！　ほどけ！」

千磨の抗議に、章吾はうるさそうに顔をしかめた。今度は千磨の両足首を摑んで、大きく脚を割り広げる。

ペニスどころか奥まった場所の小さな穴まで見えるような体勢に、千磨はさあっと青ざめた。世の中に、男同士でセックスする人たちがいることは知っている。そしてその方法も……。

(まさか!?)

自分には一生関係ないことだと思っていた。男同士どころか、奥手な千磨は自分が誰かとセックスするところなど想像したこともなかった。

章吾が千磨の陰部に顔を埋め、小ぶりな玉をしゃぶる。

「ひゃっ！　やめろ……っ」

陰嚢《いんのう》から会陰《えいん》部を舌でたどられて、千磨は叫んだ。嫌なのに、怖いのに、熱い舌の感触は確実に千磨を追い上げる。

「馴《な》らさないと痛いぞ」

きゅっと閉じた窄《すぼ》まりに舌を這《は》わせながら、章吾が囁く。吐息がかかって、それすらも千磨の官能を刺激した。

「あ……っ！」

舌がぬるりと肛門《こうもん》に潜《もぐ》り込んでくる。内側の粘膜を舌で愛撫され、千磨のペニスから先走りがぴゅっと漏れた。

章吾が顔を上げ、中指の腹で千磨の先走りを掬《すく》い取った。

先走りを濡れた窄まりに擦り込むようにして、指をじわじわと入れてくる。

「や、い、入れんな……っ」

指が押し入ってくる違和感に、千磨は怯《おび》えた。舌で愛撫されてとろけかけていた窄まりも、侵入を阻むようにきゅっと閉じる。

それでもなお、章吾の指は強引に押し入ってきた。

「ん……っ！」

内側のある部分を章吾の指の腹が掠め、千磨の体がびくんと反応する。

「ここか」

千磨の快感のスポットを探り当てた章吾は、その部分をこりこりと指の腹で刺激した。

「あ、あっ、あっ、ああん！」

千磨のペニスが、ぴゅっと精液を漏らす。

二度目の射精は量も少なく薄かったが、腰の辺りがじわっと熱くなるような感覚は、一瞬失禁してしまったかと思うほど強烈だった。

(なに今の……)

息を喘がせながら、千磨は潤んだ目で呆然と天井を見上げた。目の焦点が合わなくて、頭がぼうっとする。

章吾が顔を上げ、千磨の顔を見て低く唸る。

「いやらしいな……俺以外にそんな顔見せるんじゃないぞ」

体を起こし、章吾が千磨の両脚を抱える。

射精の余韻に浸っていた千磨の体には抗《あらが》う力もなく、章吾にされるままに大きく脚を広げられた。

未知の快感に浸っていた窄まりに、太いものが押し当てられる。

(あ……章吾さんの……！)

肛門に押し当てられた章吾の逞しい勃起の質感に、千磨は怯えた目で首を左右に振った。涙がぽろぽろと頬を伝う。

「……大丈夫だ。痛いことはしない」

「嘘だ……そんなの、入らない……っ」

泣きじゃくりながら、訴える。

「さっき指で触ったところ、気持ちよかっただろう？　これで……」

そう言って章吾は、先走りに濡れた亀頭を千磨の窄まりに浅く含ませた。

「……これで擦って、もっと気持ちよくしてやる」

耳元で囁かれ、千磨の体の奥にある何かがずくんと疼いた。

目覚めたばかりの官能が、章吾の与える快楽を渇望《かつぼう》する。

「あ、あ……っ」

狭い場所をこじ開けるようにして、章吾の性器が千磨の中に押し入ってくる。

大きく張り出した先端に限界まで広げられ、千磨は痛みと息苦しさに体を強ばらせた。

章吾が動きを止めて、内側の粘膜に馴らすように小刻みに揺する。

「う、やっ、痛い、もう抜いて……っ」

ネクタイに縛られたままの両手で、章吾の胸を叩く。

「あひ……っ！」

章吾の手が宥めるように千磨の胸を撫で、千磨は胸を仰け反らせた。

「お前はここがいいんだよな」

章吾が片手で千磨の胸をまさぐり、凝った乳首を指できつく摘む。

「あ、ああっ、今そこ弄るのだめ……っ！」

乳首をこねくり回され、体の中心が熱くなる。章吾の言うとおり、千磨の乳首はやや乱暴な愛撫にさえ悦んで応えるほどいやらしい性感帯になってしまった。

千磨の意識は乳首への愛撫に集中し、章吾の勃起を含んだ窄まりからふっと力が抜ける。

その隙を、章吾は見逃さなかった。

「ああっ！」

ずんと奥まで一気に貫かれ、千磨は腰を浮かせた。

(章吾さんのが、俺の中に入っている……！)

千磨の狭い肛道が、章吾の逞しい勃起をぴったりと隙間なく包み込んでいる。

章吾の大きさと形が、やけに生々しく伝わってくる。

「あひいっ！」

章吾がずるりと腰を引き、千磨の敏感な粘膜を擦った。

先ほど指で探り当てられたスポットに張り出した亀頭が擦れて、指で触られたとき以上の快楽をもたらす。

あまりの気持ちよさに、千磨は怖くなった。自分の体が自分のものではなくなりそうな恐怖に駆られる。

「い、いやだ、怖い……！」

嗚咽を漏らす千磨に、章吾も千磨の不安を感じ取ったらしい。ほとんど緩んでいたネクタイをほどいて、千磨の手首をさする。

自由になった両手で、千磨は章吾の首にしがみついた。

章吾が動きを止めて、あやすように千磨の体を抱き締める。

汗ばんだ肌に、章吾の体温が心地いい。章吾の肩口に顔を埋めて、千磨はしゃくり上げた。

(あ……っ)

中で、章吾のものが動く。千磨の体も呼応するようにびくんと震えた。

章吾が苦しげに呻く。

「千磨……あとちょっと我慢しろ」

「え、ああっ、あんっ」

章吾が律動を再開する。内側の粘膜は章吾の先走りで濡れたのか、先ほどよりも痛みが少ない。気持ちのいいところを章吾のもので突かれ、千磨は半ば意識が朦朧《もうろう》としてきた。

もう不安や恐怖はなかった。章吾の与える快楽を素直に貪る。

「あっ、あ……ああーっ！」

もうほとんど残っていない精液が、失禁したように漏れる。立て続けに三度の絶頂は、千磨の初な体には刺激が強すぎた。

「千磨……！」

体の奥で、熱い飛沫《ひまつ》が弾けるのがわかる。

（あ……章吾さんが……中で……！）

しかしそれを味わう間もなく、千磨の意識は遠のいていった。

9

――目が覚めると、見知らぬ部屋にいた。

薄目を明けて天井を見上げ……千磨はしばらく夢と現実の区別がつかなかった。

(………夢⁉)

がばっとベッドの上に身を起こし、全身の筋肉痛のような痛みに顔をしかめる。

「いっ！」

尻の奥の初めて経験する疼痛《とうつう》に、千磨は思わず声を上げた。

慌てて自分の体を見下ろすと、見覚えのない白いパジャマを着ていた。華奢な千磨には大きすぎるサイズで、明らかに他人のものだ。

(これは……多分章吾さんの……だよな？)

部屋には誰もいない。バスルームの扉の向こうにも人の気配はなかった。

ダブルベッドの向こう半分、章吾が寝ていたと思《おぼ》しき場所のシーツを撫でてみる。シーツはすっかり冷え切っていた。

目覚めたときに傍にいてほしかったわけではないが、シーツの冷たい感触はなぜか千磨の心を傷つけた。

枕元の時計を見ると、十時を回っている。章吾はとっくに出勤している時間だ。掛け布団をめくり、千磨はぎょっとした。ぶかぶかのパジャマの上着以外何も身につけていない。

（パンツくらい穿かせとけよ……っ）

そう憤るが、寝ている間にパンツを穿かされるのもどうかと考え直す。

おそるおそるパジャマをめくり上げて確かめると、そこは綺麗に体を拭《ふ》き清められていて……寝ている間に章吾に後始末されたのだと知って、千磨は耳まで赤くなった。

（まさか……ここも⁉）

そっと手を伸ばして尻の奥をまさぐる。

ぬるりとべとついた感触に、一瞬章吾の放ったものかと心臓が飛び跳ねた。しかしぬめりは傷薬の匂いがして、章吾が手当てしてくれたのだと知る。

（……よく覚えてないんだけど……）

ベッドの上で膝を抱え、千磨は夕べの記憶を反芻した。

夕食の後篠塚を見送って、なぜか章吾が機嫌が悪くて、他の男に色目を使うなと説教された。

それから花嫁修業の一環と称していやらしいことをされ……。

（せ……ックス、してしまった………）

改めて夕べの行為がいわゆるセックスだったと認識し、千磨は狼狽えた。

千磨の感覚では、セックスは愛し合う者同士でする行為である。男女が出会って恋をして、気持ちを打ち明け合ってつき合い始め、手を繋いで、キスをして、という段階を踏んで至るものだと思っていた。

もちろん世間には愛のない体だけの行為もあるということは知っているが、純情な千磨には信じがたい感覚だった。

まさか自分が恋人ではない人とセックスをするとは思ってもみなかった。

しかも初めてで……相手は男だ。

（いったいどうしてこんなことに……）

いくら考えても、千磨にはわからなかった。流されただけという気もするし、途中で気持ちよくなってしまって自ら受け入れてしまったような気もする。

とりあえず自分の部屋に戻ろうとベッドから降りるが、この格好のまま廊下に出るわけにもいかない。夕べ着ていたブラウスとスカートを探すが見当たらない。

（あれ？　これもしかして……）

ベッドサイドのテーブルに畳んでおいてある服が、どうやら女物らしいと気づく。広げて見ると紺色のワンピースだった。着替え用に章吾が持ってきて置いたのだろう。

パジャマのボタンを外しながら、千磨は急に悲しくなって手を止めた。

――章吾はいったいどういうつもりで自分を抱いたのだろう。

花嫁修業と言ってはいたが、普通男なんか抱くだろうか。

たまたま身近にいた千磨を、性欲の捌《は》け口《ぐち》として利用しただけなのだろうか。

(俺は……自分はああいうことは好きな人としかできないと思ってた)

章吾はどうなのだろう。

千磨はぎゅっと自分の両肩を抱いた。白いパジャマの襟から、章吾のコロンが仄《ほの》かに香る。

(誰とでも気軽にこういうこと……してんのかな)

そう思うと、胸にずきんと痛みが走る。

自分が章吾のことをどう思っているのか、千磨にはよくわからなかった。

わからないけど、章吾に弄ばれたのかもしれないと思うと胸が痛む。

(これってまるで……章吾さんのことが、す、好きみたいな……)

物思いを断ち切るように、千磨は乱暴にパジャマを脱ぎ捨てて素肌にワンピースを被った。

「あ……っ」

夕べ散々弄ばれた乳首が、布地に擦れてちくっとする。

――――胸が痛いのは、乳首が擦れて痛いせいだ。

そう思うことにして、千磨は急いで胸のボタンを留めた。

ふいにノックの音が響き、ぎくりと身を竦ませる。

(誰……？　小坂さん？)

章吾の部屋に千磨がいてはまずいだろう。息を潜《ひそ》め、千磨はドアを見つめた。

ゆっくりと、ドアが開く。

「……っ!」

ドアを開けたのはスーツ姿の章吾だった。千磨の胸は、早鐘《はやがね》のように鳴り始める。

「起きてたのか」

いつもと変わらない調子で、章吾は千磨を見下ろした。

かあっと顔が熱くなり、千磨は俯いた。いざ本人を目の前にすると、自分が思っていた以上にダメージを受けていることに気づく。

章吾にあんな乱れた姿を見られてしまって、恥ずかしい。恥ずかしい目に遭わせた章吾に腹が立つ。

それらの気持ちがごっちゃになって、自分でも説明のつかない感情がこみ上げてくる。

「体……大丈夫か」

章吾に問われ、千磨は真っ赤になった。

「よ、よくもあんなひどいこと……っ!」

恥ずかしさをかき消すには、怒るしかなかった。

章吾があからさまにむっとした表情になる。

「ひどい?　気持ちよさそうだったが」

図星を指されて千磨は俯いた。確かに章吾の言うとおりだ。

「…………なんで俺にあんなこと……したんだよ?」

さっきからずっと悩んでいたことを、千磨は思い切って章吾に問いかけた。夕べ散々喘がされたせいか、声が掠れている。

章吾が目をそらし、素っ気なく呟く。

「――――言っただろう。あれも花嫁修業の一環だ」

章吾の言葉は千磨を打ちのめした。わかっていたことだが、愛情があって抱いたわけではないと改めて言われて、千磨は唇を噛んだ。

「専務、急いで下さい！　そろそろ出発しないと間に合いません！」

階下から永島が章吾を呼ぶ声がする。

もしかして起きるまで待っていてくれたのだろうか。一瞬甘い気持ちが胸を掠めるが、慌てて振り払う。

「わかった。すぐに行く」

章吾が千磨に背を向け、部屋を出ていく。

部屋に一人残された千磨は、永島が運転する車のエンジン音が遠ざかるまで、じっとその場に立ち尽くした。

――――自分は章吾に恋をしている。

認めたくはないが、多分そうだ。章吾のことが好きだから、章吾の言葉にこんなに傷ついているのだ。

脱ぎ捨てた章吾のパジャマを拾い上げ……千磨はそっと顔を押し当てた。

10

章吾と成り行きでセックスしてしまった夜以来、千磨は居心地の悪い日々を過ごしていた。

あれから一週間経つが、章吾とは口を利《き》いていない。

あの日、千磨は風邪をひいたことにして一日自分の部屋で過ごした。風邪は嘘だが、情事の名残《なごり》で体がだるく、とても大学に行けるような気分ではなかったのだ。

章吾もあの晩は夜遅くまで帰ってこなかった。仕事が忙しいのか千磨と顔を合わせたくないからなのか、あれ以来毎晩帰宅が遅くて夕食をともにしていない。

朝、永島の運転する車に同乗はしているが、互いに顔を背けている。永島は何か勘づいているかもしれないが、そのことについて特に口を出したりはしていない。

永島も多忙になり、千磨の大学の前期試験が始まったのを機に花嫁修業も小休止している。

婚約披露パーティーはいよいよ十日後に迫っているが、永島が『これだけできれば十分です。もう私が教えることもないでしょう』と言っていたので事実上の修了かもしれない。

(最悪……)

自室のベッドに力なく突っ伏して、千磨は何度目になるかわからないため息を洩らした。

あと十日でこの馬鹿げた婚約者のふりから解放されるというのに、気持ちは滅入《めい》るばかりだ。

章吾の言葉が、心に重くのしかかっている。

章吾はあれを花嫁修業の一環だと言っていた。永島に教わった茶道や華道と同じように、パーティーが終わるまでのかりそめの儀式でしかない。

(あんなの早く忘れりゃいいんだ。パーティーが終わればもう会うこともないだろうし、あいつだってすぐに忘れる)

当初の契約ではこのバイトが終わってからも千磨が望めば部屋を提供してくれることになっているが、千磨はここを出ていくつもりだ。ちょうど大学が夏休みに入るので一旦実家に戻り、夏休みにアパートを探そうと思っている。

ベッドに寝転がって賃貸住宅情報誌を眺めていると、携帯電話が鳴った。

「はいはい、誰ですかー」

独り言を言いながら液晶画面を確認すると、章吾だった。

(なんだろう……)

章吾から電話がかかってきたのは初めてだ。少し迷ってから、通話ボタンを押す。

「……はい」

『俺だ』

章吾の声が耳に飛び込んでくる。たったそれだけで、胸がどくんと脈打った。

どういう態度を取ればいいのかわからなくて、千磨は黙って携帯電話を握り締めた。

『明日は空いてるか』

「…………ん」

明日は土曜日だ。大学も休みだし、用事もない。

『一日だけ、別口のバイトを頼まれてくれないか』

「バイト……？　どんな？」

『デートだ。明日の午後一時に家を出るからそれまでに支度しとけ』

「……デート？」

意外なことを言われ、千磨は怪訝そうな声で問い返した。バイトがデートという状況が今ひとつ飲み込めない。

『詳しいことは明日説明する。ああ、念のため言っとくが、八重として、だぞ』

つまり女装して来いということだ。

(男の俺とじゃデートにならないから当然か)

別口のバイトと聞いて、とっさにデパートの仕事を手伝うような話かと期待したが……考えてみれば自分は八重の代役という仕事くらいしか役に立ちそうにない。

「……わかった」

『じゃあ明日』

電話が切れて、千磨は手の中の携帯電話を見つめた。

デートということは、章吾と二人きりで出かけるのだろう。二人で出かけるのは章吾の従姉の出産祝いを買いに行って以来だ。

章吾の仕打ちに、千磨は腹を立てているはずだ。

なのに、章吾からの電話が嬉しい。

(ただのバイトだ……本当のデートじゃないんだから)

期待してしまいそうになる気持ちを必死で抑え、千磨は何度も自分に言い聞かせた。

◇◇◇

千磨が女装したまま外に出かけるのは、その日が初めてだった。

いざ外に出て大勢の目に晒されると、中には男だと気づく人もいるのではないかと不安になる。

買い物客で賑わう大型商業施設に足を踏み入れると、さっそくすれ違った若い男にじろじろ見られて千磨は俯いた。

(やっぱ変? 男だってわかるかな)

ショップのウィンドウに映る自分の姿を盗み見る。

ピンクのキャミソールドレスに、白い半袖のニットカーディガン、白いサンダルという出で立ちはそれなりに様になっていると思うが、どこか男っぽさが垣間見《かいまみ》えているのではと心配になる。

「今の男、お前に見とれていたな」

隣を歩く章吾に言われ、千磨は胡散臭そうに章吾を見上げた。

「……そりゃ男が女装してたら物珍しいだろ」

「まさか自分が男に見えるとでも思ってるのか？」

大袈裟に驚いた顔をしてみせる章吾を、千磨は睨みつけた。

「心配しなくても、今日のお前はどこからどう見ても男には見えない」

きっぱり断言され、それはそれで悲しいものがある。

「なあ、バイトっていったいこれなんなんだよ？　デパートに出すお店のリサーチとか？」

章吾との間に一定の距離を保ちながら、千磨は小声で尋ねた。

「いや……」

章吾が前を向いたまま、さりげなく千磨の手を握る。

「……！」

千磨はもう少しで叫びそうになってしまった。悲鳴を飲み込んでから、小声で章吾に抗議する。

「びっくりさせんな！　いきなりなんだよ！」

「いいか、楽しそうにしろ。……あそこにグレーのジャケットを着た男がいるだろう？　興信《こうしん》所《じょ》の調査員だ」

「興信所!?」

「しっ、声は小さく」

章吾は手近にあったインテリアショップに入り、テーブルの上に並べられたキャンドルを見るふりをした。章吾の視線の先をたどるが、休日の人気デートスポットは人が多すぎてよくわからない。

「三日前から俺の周囲に張り込んでる。見合い相手が雇った身上調査員だ」

「見合い？　お前見合いもしてんのか」

「いや、正確には見合い話が持ち上がりそうな相手だ。俺としては回避したいんだが、残念ながらあっちのほうが家の格が上でな。見合いを持ちかけられたら、こちらからは断れない」

「そうなの？　……一応婚約者がいることは知ってるんだよな？」

「近々婚約披露パーティーを開くことも当然知っている。しかし、見合い話を持ちかけられたら婚約破棄《はき》してパーティーはキャンセルしなくてはならないだろうな」

「そんなにすごい家柄なんだ……」

千磨には想像もつかなかったが、章吾は都屋グループの御曹司なのだ。やんごとなき家柄のお嬢様と縁談があっても不思議ではない。

「じゃあ俺が今までやってきた婚約者のふりとか無駄じゃないか」

「無駄にならないよう、今のうちに向こうが見合いを持ちかける気をなくすようにしたいんだ」

「えっ」

馴れ馴れしく肩を抱かれ、千磨はぎくっとして体を強ばらせた。

章吾にとってはなんでもないスキンシップかもしれないが、今の千磨にとっては些細《ささい》な接触でさえ、あの恥ずかしい夜の記憶を生々しく呼び起こしてしまうのだ。

「どうも俺とお前の婚約は愛のない打算的なものだと思われてるらしいからな。俺は後継者指名が目当て、お前は玉の輿狙い。だったらそうじゃないところを見せつけてやればいい」

耳元で囁かれ、千磨はくすぐったさとそれだけではない何かにびくびくと首を竦めた。

「……そんな簡単にいくか？　たとえ俺らがその……ラブラブに見せかけたとしても、向こうはそういうの全然気にしないかもしれないぞ」

「大丈夫。先方のお嬢さんは気位が高いことで有名だ。わざわざ他の女に鼻の下伸ばしてるような男を選ばなくても、他にも婿《むこ》候補はいっぱいいる」

「だけど、んっ」

章吾に腰を抱き寄せられ、千磨の上気した頬がますます赤くなる。

「千磨、顔上げるなよ……調査員が写真を撮っている」

「あ、あんまりひっつくなよっ」

「人前でいちゃいちゃするのがいいんだ。モラルのない男だと思われて、蔑まれる」

頬に唇を寄せられそうになり、さすがに千磨も章吾の胸を押し返した。

人前だから恥ずかしい、というだけではなく、他にも理由があった。

(なんで俺はこんな茶番でどきどきしてんだよ……!)

あまりくっつかれると、章吾にこの心臓の音を聞かれてしまう。

演技のデートでどきどきしているだなんて、章吾には知られたくない。

千磨の腰に手を回したまま、章吾はインテリアショップを出て通路を歩き始めた。

「――まだ怒っているのか」

「えっ?」

唐突に言われ、一瞬なんのことかわからなかった。

どうやらそれが一週間前のあの件らしいと気づいて、顔から火が出そうになる。

……怒っているのだろうか。もう怒っていないような気もする。本当に怒っていたら二度と口も利かないだろうし、今日のバイトも引き受けなかった。

なんと答えるべきか、ぐるぐると悩む。

「……あそこを予約してある」

「はっ⁉」

いつのまにか商業施設の中にある高級ホテルの前に来ていた。

章吾が具体的に指をさして言ったわけではないが、あそこというのがそのホテルだということはすぐにわかった。

「……それも今日のバイトの一環？」

震える声で尋ねる。

「そうだ。調査員がつけてきてるから、二人で部屋にチェックインするところを撮らせる」

「そっか、なるほど……」

さりげなさを装いながら、千磨はどきどきしていた。どの辺りまで〝ふり〟をするのだろう。

章吾が千磨の手を強く握ってホテルのエントランスをくぐる。

フロントで章吾が慣れた様子でチェックインするのを、千磨は身を硬くして見守った。

(ど、どうするんだろ？　一応部屋まで行くのかな。それとも部屋に行くふりして、裏口から抜け出したりすんのかな)

章吾がカードキーを受け取り、再び千磨の手を握る。

ごくりと唾を飲み込み、千磨はぎくしゃくとした足取りで章吾とともにエレベーターホールへ向かった。

エレベーターには千磨と章吾の他にも何人かの客が乗っていたが、最上階に着く頃には二人きりになっていた。

しんと静まり返ったフロアに二人で降り立つ。章吾はまだ千磨の手を握っていた。

「さすがにもう調査員ついてきてないだろ」

章吾の手を振りほどこうとするが、離してくれなかった。

長い廊下を連行され、一番奥の部屋の前まで連れていかれる。

章吾が片手でカードキーを使ってドアを開け、そのまま入ろうとする。

「……俺、もう帰る」

急に怖くなって部屋の前で足を踏ん張ると、その場で章吾に突然抱き上げられた。

「うわ、ちょっと……！」

つま先が絨毯から浮いて、千磨はばたばたと暴れた。

章吾が千磨を抱いたまま向きを変え、そのまま部屋に連れ込む。

音を立ててオートロックの重たい扉が閉まり、宙に浮いていた足が床に着いた。

「お前、まだ怒っているのか」

章吾が千磨の体に手を回したまま、さっきと同じセリフを繰り返す。

怒らせた張本人に呆れたように言われて、千磨はかちんときた。

（こいつはほんとに……）

章吾の性格からして、素直に謝るとは思えない。章吾は千磨のほうから「もう怒ってない」

と言わせたいのだ。

「……怒ってるよ！」

章吾の腕の中から睨み上げると、章吾もぎろりと睨み下ろす。

「嘘だな」

「はあ!?　なんだそれ！　俺は怒ってるんだよ！」

章吾から逃れようともがくと、骨が軋《きし》むほど強く抱き締められた。

「……素直じゃないな」

「どっちが！　んんっ！」

唇を唇で塞がれる。

章吾の舌が、性急に押し入ってきた。逃げ惑う千磨の舌を、章吾が荒々しく貪る。

(あ……章吾さんの……！)

腹の辺りに硬いものが当たっている。

章吾の太くて硬い感触が、千磨の体の奥の官能を呼び覚ます。

千磨のペニスも、章吾のものに刺激されて硬くなる。

「あ……っ」

章吾の手が千磨の背中を撫で下ろし、尻を鷲摑みにする。両手で太腿から尻にかけて揉みしだかれて、千磨は足ががくがくして立っていられなくなった。

章吾が千磨を抱き上げて、部屋の奥のダブルベッドへ運ぶ。

大きな窓ガラスからは近隣のビルが見えている。向こうから部屋の中が見えてしまいそうで、真っ昼間からセックスになだれ込もうとしているのが恥ずかしい。

「おい、待てよ……っ」

千磨をダブルベッドに押し倒して、章吾はスカートをまくり上げた。

「……もう濡れてる。いやらしいな」

薄っぺらな白いショーツに、先走りがぽつんと染みを作っていた。今日は女装に徹しようと思って永島の言いつけどおりに女物を穿いてきてしまった。

章吾の視線に晒されて、染みがじわっと広がる。

「やらしくしたのはお前だろ！」

恥ずかしい場所を手で隠し、千磨は抗議した。

章吾に出会うまで、こんなふうにはならなかった。ほんの少しの愛撫やキスで敏感に感じるようになってしまったのは、章吾のせいだ。

「そうだな」

あっさり認め、章吾は服を脱ぎ始めた。

明るい日の光の中で、逞しい上半身が露わになる。章吾がかちゃかちゃとベルトを外し始め、千磨は目をそらした。

「千磨……嫌なら逃げてもいいんだぞ」

ズボンを脱ぎ捨てながら、章吾が掠れた声で言う。

「……い、嫌だ」

千磨はベッドに起き上がり、股間を押さえたまま声を絞り出した。

章吾のボクサーブリーフの中央は大きく盛り上がり、くっきりと形が浮き出していた。ローライズのウエストから既にはみ出していて……千磨はそれを見ないようにぎゅっと目を閉じた。

「じゃあ逃げろ」

章吾が下着も脱ぎ捨てて裸になり、ベッドに膝をつく。

「そ、そんなこと言ったって、こんな状態で逃げられるわけない……っ」

「逃げないなら抱くぞ」

「ひゃ……っ！」

強い力でベッドに押し倒されて、千磨は必死で体をひねって章吾に背を向けた。

ベッドの上を這って逃げようとすると、後ろから抱き締められる。

章吾が乱暴に千磨のカーディガンを剝ぎ取り、キャミソールドレスも毟り取る。

「い、いや！」

ブラジャーも引きちぎるようにして取り払い、章吾は千磨の体をベッドにねじ伏せた。

大きな手で背筋から尻へと撫で下ろされ、ショーツに手をかけられる。

（ど、どうしよう……っ）

またなし崩しに抱かれるのは嫌だ。

けれど、章吾に愛撫されると抵抗できなくなる。

この行為は章吾にとっては花嫁修業の一環だとしても、千磨にとっては……。

「……千磨」

章吾の手が一瞬躊躇し、しかし一気にショーツを引きずり下ろす。

ぎしっとベッドが軋み、熱い体が背中に覆い被さってきた。

「あ……！」

章吾の硬く逞しい性器が腰に当たり、千磨はびくんと体を震わせた。

それで体の奥を突かれたときのことを思い出し……体の芯がじんと熱くなる。

あのめくるめく快感をもう一度味わおうと、後ろの窄まりがはしたなく疼き始める。

章吾が千磨の腰を持ち上げて、尻を突き出すようなポーズを取らされた。

（え、こ、この格好で……!?）

いわゆる後背位というやつだ。獣《けもの》が交わるような格好に、自分も欲情した獣になったような気がして恥ずかしい。

けれど、こんな明るい場所で章吾に顔を見られながら抱かれるよりいい。

章吾が何か潤滑用のジェルのようなものを尻の窄まりに塗り込めるのを、千磨は歯を食いしばって耐えた。

章吾が背後から千磨に覆い被さる。胸をまさぐられて、腰がびくんと跳ねてしまった。

「あ……っ」

乳首を指でぐりぐりと押される。その快感に溺れている間に、ジェルでほぐされた窄まりに亀頭がぴたぴたと押し当てられる。

千磨の体が、官能の期待にぶるっと震えた。枕を引き寄せて顔を埋め、ねだるように尻を高く掲げる。

「あああ……っ」

大きく張り出した先端が、濡れた穴にずぶずぶとめり込んでくる。

挿入の痛みはあるが、初めてのときほどではない。

(あ……どうしよ……入れられただけで気持ちいい……)

ぷっつりと凝った胸の粒を弄られながら、千磨は章吾の太くて硬い勃起の質感を味わった。

初めてのときよりも、中の粘膜が感じているのがわかる。

奥までゆっくりと押し入ってくる感覚に、早く擦って欲しくて無意識に尻が揺れてしまう。

「そんな煽るなよ……こっちだって無茶しないようにこれでも抑えてるんだ」

章吾がぺちっと千磨の尻を叩く。

「あっ！」

中が疼いて仕方がない。早く気持ちいい場所を、章吾のもので突いて欲しい。

咥え込んだ章吾のものを、千磨は思わずきゅうっと締めつけた。

章吾が低く呻いて千磨の腰をがっちり摑む。

「いつのまにこんなにやらしくなったんだ……」

「ああっ！」

太いものを最奥《さいおう》まで押し込まれ、千磨は先走りを漏らした。

中が、章吾のものでぎちぎちに広げられる。

章吾がリズミカルに腰を使い始める。

「あ、あっ、あっ、あっ、あんっ」

章吾のペニスは雁《かり》が高くて、腰を引くときにそれが中の粘膜に引っかかって強烈な快感を与えてくれる。

（あ、章吾さんのが……気持ちいいとこに当たってる……っ！）

何度か抜き差しされただけで、千磨はあっという間に追い上げられた。

「ああっ、あうぅ……っ！」

章吾に激しく突かれながら射精する。

いきながら中を擦られて、千磨は身悶えた。

「もういったのか。まだこれからだぞ」

「ああんっ」

中に挿入したまま章吾が千磨の体を回転させて、正常位の体勢になる。

「や、も、もうだめえっ」

続けざまに腰を打ちつけられて、千磨は早くも音《ね》を上げた。まだ一回目の射精の余韻が残っているのに中を擦られて、どうにかなってしまいそうだった。

「散々煽っておいてもうだめはないだろう……」

章吾が呻いて、腰を突き上げる。

「あああ……っ！」

章吾が千磨の中で勢いよく射精する。初めてのときは朦朧としていてよく覚えていないのだが、今度は中で出される感触が鮮明に伝わってきた。

「あ、あ、あ……」

章吾の射精に刺激され、千磨のペニスからも精液が漏れる。射精というよりも粗相のようなものだが、千磨は快感に震えた。

「千磨……」

章吾に抱き締められ、千磨も章吾の背に手を回した。

入ったままのものは射精を終えてもほとんどおとろえることなく、抱き合ってキスしているうちに再び漲ってくる。

（すごい……中でおっきくなって……）

キスで口腔の粘膜をまさぐり合いながら、千磨は章吾の感触を確かめるようにきゅっと尻に力を入れた。

「やっ！」

中で章吾のものがぐりっと動いて、千磨は驚いて声を上げた。

「そんな締めつけるなよ……」

章吾の掠れた声が色っぽい。

すっかり臨戦態勢になったものを入れたまま、章吾が千磨の脚を抱え直す。

「……いいか」

章吾の問いに、千磨は黙って頷いた。

ゆっくりと、章吾がストロークを再開させる。中が濡れているのでぬちゅぬちゅといやらしい音がして恥ずかしい。

（章吾さん……）

――これで最後だ。

婚約披露パーティーまであと九日ある。

けれど、章吾とセックスするのはこれを最後にしようと千磨は心に決めていた。

……章吾のことが好きだから、もうしたくない。

好きだから、章吾の気持ちがわからないまま抱かれるのはもう嫌だ。

千磨は章吾にこの気持ちを打ち明けるつもりはないし、章吾が同じ気持ちでいるとは思えない。

(俺は婚約者のふりをするために雇われたバイトだし……)

多分章吾も、多少なりとも千磨の体を気に入っているのだろう。しかし、ただそれだけのことだ。

「千磨……パーティーが終わったら……」

章吾が何か言いかける。

それを聞くのが怖くて、千磨は章吾の首に手を回してキスをした。

気持ちが通じ合わないなら、せめて章吾の与えてくれる快感に溺れよう。

「……あっ、ああっ」

甘い声を上げて、千磨はめくるめく快感に没頭した。

11

（ついにこの日が来た……）

七月二十日、大安吉日。今日はいよいよ章吾と八重の婚約披露パーティーが行われる。

そして千磨のアルバイトも、今日が最終日だ。

朝から千磨は、猛烈に緊張していた。

今日は振り袖を着ることになっている。パーティー会場の都内の老舗《しにせ》高級ホテルの一室で、千磨は永島に艶《あで》やかな桜色の振り袖を着せてもらった。裾には牡丹《ぼたん》の花が描かれており、華やかで可愛らしい着物だ。

メイクも今日は永島が念入りに仕上げてくれた。いつもよりほんの少し大人っぽくなった顔が、鏡の中で不安そうに固まっている。

（今日で最後だし……今までの努力を無駄にしないためにも頑張らなきゃ）

そう思うのだが、千磨は今になって自信がどんどん薄れてゆくのを感じていた。

（練習ではうまくいってたけど、本番は練習とは違うよな……）

どんどんネガティブな思考に陥《おちい》り、悪いほうへ悪いほうへと考えてしまう。

控え室のドアがノックされ、千磨はびくっと体を震わせた。

「俺だ」

章吾の声だった。返事をしようとしたが、声が出ない。

数秒後にドアがゆっくりと開いて、黒い礼服姿の章吾が鏡に映る。

章吾の姿に、千磨は体を硬くした。

――ホテルでの一件以来、章吾と二人きりになるのは初めてだ。

屋敷の中でちょくちょく顔を合わせてはいたし、口を利かなかったわけでもないが……さりげなく千磨は二人きりになることを避《さ》けていた。章吾のほうからも特に誘ってくることもなく、部屋を訪ねてくることもなかった。

千磨が決心するまでもなく、章吾もあのセックスを最後に関係を終わらせようと思っていたのかもしれない。

「ふうん……これは驚いたな」

鏡の前の椅子に浅く腰掛け、背筋を伸ばして鏡を見つめている千磨に、章吾が眩しそうに目を瞬かせた。

「綺麗だろ。俺もびっくり」

緊張を気取《けど》られたくなくて、千磨はわざとおどけて言った。

「永島が今日の化粧はすごくいい出来映えだと言っていたが、確かにな」

章吾が近づいてきて、千磨の傍の椅子を引いて座る。

「もうかなり客が集まっている。入場の段取りに変更はない。さっきリハーサルしたとおりだ」

「うん、わかった」

声が微妙に上ずってしまった。膝の上に置いた手で、千磨は着物をぎゅっと握り締めた。指先が細かく震えている。

不安と緊張がどんどん膨れあがって、押し潰されそうになる。

「千磨」

ふいに、着物を摑む千磨の手に大きな手が重ねられた。

「……大丈夫だ。普段どおりやればいい。会場の連中だって、何もお前を取って食おうとしてるわけじゃない」

震える千磨の手を握り締めて、章吾が穏やかに言った。

「でももし失敗したら……っ」

「そのときはそのときだ。失敗するよりも悪い事態にはならないさ。俺がなんとかする。お前は心配しなくていい」

章吾の励まし文句に、少し気持ちがほぐれる。

章吾が千磨の手を、指をしっかり絡め合うように握り直した。千磨の目を覗き込み、一語一語噛んで含めるように言い聞かせる。

「いいか、千磨。何があってもお前は平然としてればいい。俺がついている」

五秒ほど経ってから、千磨はこっくりと頷いた。

さっきまでの不安に押し潰されそうだった気持ちが落ち着いてくる。

「……よし。もう平気だな?」

章吾の目を見てもう一度頷くと、章吾が口元に笑みを浮かべた。

「行くぞ、八重」

「はい」

差し伸べられた章吾の手に自らの手を重ね、〝八重〟は会場に向かった。

◇◇◇

(うわー……いっぱい来とる……)

ホテルの従業員の先導で大広間の扉が開いた途端、千磨は一斉《いっせい》に客の視線が突き刺さるのを感じた。

今日の婚約披露パーティーの招待客は百人ほどだと聞いている。もしこれが結婚披露宴だったら今日の倍以上になるらしい。

永島は「ごく内輪の」パーティーだと言っていたが、親戚だけでなく都屋グループの系列会社の上層部も来ている。

萩原八重として、公の場での最初で最後の大仕事だ。

一般的な結婚披露宴のように、大広間の一番前に一段高くなったステージがあり、そこに章吾と千磨、会長の席が設けてある。

先に席に着いていた会長が、立ち上がってにこやかにマイクを握った。

「皆さま、ご紹介します。大安寺章吾と、婚約者の萩原八重さんです」

客から一斉に拍手が起きる。お義理のような拍手の中を、千磨は章吾に続いてしずしずと壇上へ向かった。

先ほど章吾に励まされたせいか、不思議と落ち着いて振る舞うことができた。

緊張も確かにあるのだが、会場にいる自分を別の自分が観察しているような、ちょっと夢を見ているような感じだ。あまりにも非現実的なのが、かえってよかったのかもしれない。

章吾とともに会場に向かって深々とお辞儀をし、顔を上げて千磨は客席を見つめた。永島に教えられたとおり、目の焦点を合わせないようにしてほんのりと口元に微笑を浮かべる。

隣で章吾が客に何やら挨拶をしているが、内容はさっぱり頭に入ってこなかった。

(ここに来てるお客さんて、やっぱ俺のこと金目当ての女だとか思ってるんだろうなあ……。ま、赤の他人にどう思われてもいいけど)

盛大な拍手が起こり、章吾のスピーチが終わったらしいことを知る。千磨はスピーチはしないことになっているので、章吾とともに着席した。

あとは何人かの客のスピーチを聞いて、立食形式の会場を章吾とともに回って歓談《かんだん》、という手筈《てはず》になっている。永島にあまりしゃべらなくていいと言われているが、多少は客の質問にも答えなくてはならないだろう。

(俺はこの三ヶ月ですごい度胸がついたよ……)

この経験がいずれ就職活動の面接で役に立つかもしれない、などと考えながら、千磨は客の退屈なスピーチをやり過ごした。

今日で章吾の婚約者のふりも最後だということは、敢えて考えないようにする。

考え始めると気持ちが滅入ってしまうから……。

「————それでは皆さま、章吾さんと八重さんのご婚約に乾杯いたしましょう。お二人の前途を祝して、乾杯！」

最後にスピーチをした都屋グループ幹部の音頭《おんど》で、乾杯する。千磨もシャンパンの入ったグラスを持ち上げ、軽く口をつけた。

「よう、お二人さん、おめでとう」

章吾と千磨が壇上から降りて人波の中へ足を踏み出すと、真っ先に聞き覚えのある声が近づいてきた。

章吾の従兄の達也だ。派手な白いスーツを着て、にやにやと笑っている。

「これはどうも。今日はわざわざ私たちのためにありがとうございます」

章吾も作り笑いを浮かべて、千磨を庇《かば》うように一歩前に出る。

「いやあ、こないだの洋服姿も綺麗だったけど、今日は一段とお美しいですね。ここの会場にも妙齢《みょうれい》のご婦人方がわんさかいますけど、八重さんが一番美しい」

大袈裟な褒め方がかえって嘘くさい。しかし達也の背後にいた数人の女性は、それを聞きつけてむっとした表情になった。

「まあ達也さんたら。まるで私たちが引き立て役みたいな言い方ね」

女性の中でも特に気の強そうな一人が、グラスを片手に挑戦的に言い放つ。自分の美貌に自信があるのだろう。大人っぽい紫のドレスに身を包み、態度も堂々としている。

「おめでとう、章吾さん。私のこと覚えてるかしら?」

華やかな顔立ちのその女性は、意味ありげな目つきで章吾を見上げた。

千磨の胸が、つきんと痛む。

(もしかして……章吾さんが前につき合ってた彼女とか?)

章吾の女性関係はまったく知らないが、章吾ほどの男が過去に何もないわけがない。

「ああ……以前見合いをしましたね」

章吾があっさり言うと、彼女は綺麗に口紅の塗られた唇を歪めた。

「……覚えて下さっていて光栄ですわ。あなたにとっては山のような見合い話のひとつだったでしょうにね」

どうやら女性は章吾が過去に見合いをしたうちの一人らしい。元彼女ではないことに、千磨はなんとなくほっとした。

しかし章吾のほうから断ったであろう雰囲気に、彼女が何か恨み言を言うのではと冷や冷やする。

「それにしても、意外だわ。まさかこんな若いお嬢さんと、ねえ……」

値踏みするようにじろじろ見られ、千磨は顔を強ばらせた。

「岡山のご出身ですって？　大学はどちら？」

「……進学はせず、家業を手伝っております」

精一杯笑顔を作り、千磨は答えた。

彼女はわざとらしく目を見開き、「あら」と馬鹿にしたように笑う。

(なんだよこの女は……！)

顔には出さないように苦心しつつ、千磨は憤りを抑えられなかった。姉の八重は確かに中卒で学歴はないが、この女性のように人前で他人を見下すような真似は絶対にしない。

達也はにやにや笑いながら成り行きを眺めている。

「章吾さんの奥さんになるということは、将来は社長夫人ね。失礼ですけど田舎でのびのび暮らしてきたかたが、都屋グループの社長夫人の重圧に耐えられるのかしら。ここは今まであなたがいた世界とは全然違うでしょう？」

千磨が反論しないのをいいことに、彼女は勝ち誇ったように言い募《つの》る。

「ご心配なく。彼女は私が選んだ人ですから」

章吾が穏やかに彼女の言葉を遮った。口元に微笑を浮かべて千磨を見つめる。

「こういう窮屈な世界で暮らしてきた私にとっては、八重の素朴《そぼく》さが新鮮でね。一緒にいるのが楽しいと思ったのは、彼女が初めてなんです」

章吾の言葉に、千磨の胸がどきんと高鳴った。一瞬気持ちが舞い上がり、いやいやこれは演技なんだからと自分に言い聞かせる。

ドレスの女性はかっと頬を紅潮させた。見合いをして断られた彼女には、今のセリフはきつかったに違いない。

さすがに千磨も彼女に同情した。こういう場で突っかかってくるということは、それなりに章吾に未練があったのだろう。

「はは、のろけられちゃいましたねえ」

達也が冗談めかして言うと、彼女はくるりと背を向けた。早足で人波の中に消えていく。

「大変ですねー、八重さん。会場の独身女性は全員敵ですからね」

彼女の後ろ姿を見送ってから、達也は大袈裟に肩を竦めた。完全に面白がっている。さっきの女性も達也がけしかけたのかもしれない。

章吾はそれ以上達也の戯言につき合う気はないらしく、さりげなく千磨の肩を抱いて向きを変える。

「……今日のパーティーは面白いことになりそうだ」

千磨の背中に、達也の冷ややかな声が突き刺さった。

(え……?)

振り向くと、達也が意地の悪そうな目で千磨を見下ろしている。その目つきが獲物を狙う蛇のようで、千磨は背中がぞくりとした。

「八重」

「あ、はいっ」

章吾に促され、千磨は次の客へ挨拶するために慌てて笑顔を作り直した。


章吾の礼服の袖から覗く腕時計をちらりと盗み見て、千磨は少し緊張を解いた。

間もなく会長が締めの挨拶をする時間だ。章吾と二人で会場を回って大方の客に挨拶を終え、あとは閉会を待つばかりである。

(うう……お腹減った。早く終わってくれ……)

テーブルの上に美味しそうなご馳走《ちそう》が並んでいるのに食べられないというのは、千磨にとって客に嫌味を言われるよりも辛かった。

最初に章吾の元見合い相手にがつんとやられたせいか、そのあとは何を言われても笑顔で聞き流せるようになった。さすがにストレートに玉の輿狙い呼ばわりはされなかったが、それに近いことは散々言われた。

（セレブの世界はどろどろじゃ……章吾さんが俺を庇うもんだから余計反感買っちゃうし）

達也が言ったように、特に若い女性やその親からの敵意は相当なものだった。客は揃って千磨が上流社会に馴染めるか心配しているふりをしていたが、要するに田舎出の小娘は大安寺家の妻の座に相応しくないと言っているのだ。

ちくちく虐《いじ》められるし、ご馳走は食べられないし、会場を回り終わる頃には空虚な笑みを浮かべつつ内心すっかりやさぐれてしまった。

周囲に客が途切れて二人きりになり、章吾が背を屈めてこそっと囁く。

「腹減ったって顔してるな」

「わかる？」

「ああ。これが終わったらたらふく食わせてやるよ」

「うん」

少し会場を見渡す余裕が出てきて首を巡らせると、つかず離れず見守ってくれていた永島と目が合う。永島は千磨の目を見て微笑み、何度か頷いた。

花嫁修業の講師からも合格点が出たようだ。

(あと十五分もしたらパーティーも終わる。そしたら婚約者のふりも終了だな……)

少し疲れた頭に、会場のざわめきがぼうっと響く。まるで夢の中にいるように足元がふわふわと覚束《おぼつか》ない。

――ふいに、初めて章吾に会った日のことが脳裏に甦った。

(最初はほんっとびっくりしたよなあ……いきなり拉致られたし)

婚約者のふりをしろなどと荒唐無稽《こうとうむけい》な要求をされ、そんなこと引き受けられないし、そもそも男の自分が女のふりをするなんて実現不可能だと思っていた。

それが今、大勢の客から疑われることなく章吾の婚約者としてこの場に立っている。

それどころか隣に立つ男とただならぬ関係になってしまい……。

何もかも夢だったような気がして、千磨は軽い目眩を覚えた。

「どうした？　具合悪いのか？」

章吾に腕を支えられ、千磨は自分がそれなりに疲労困憊《こんぱい》していることに気づいた。

「いや……平気」

司会者がマイクを握り、会長からの挨拶があることを知らせる。ざわめいていた会場が少し静まり、皆が一斉に壇上に目を向けた。

――そのときだった。手に丸めたポスターのようなものを持った達也が、司会者からマイクを奪い取って壇上に上った。

達也のスピーチは予定されていない。何か嫌な予感がこみ上げてくる。

「会場の皆さんにお知らせしたいことがあります」

にやにや笑いながら達也が切り出した。皆、怪訝そうに達也を見上げる。

「皆さんご存じのとおり、今回の婚約は会長の遺言書に添って仕組まれたものです。遠藤八千代という女性の孫と結婚することが、都屋グループ後継者になるための条件でした。そこにいる大安寺章吾は、後継者になるために遠藤八千代の孫、萩原八重を探し出して婚約者に仕立てたのです」

会場が不穏な空気に包まれる。皆を動揺させることに成功した達也は、満足そうに胸を反らした。

（いったい何を……）

達也は何を言おうとしているのだろう。千磨は青ざめて章吾の横顔を見上げた。

章吾は表情を変えず、壇上の達也をじっと見つめている。

「まあ政略結婚は今に始まったことじゃありません。我々の世界では相応しい家柄の者同士が結婚するのは当たり前のことです。ですが、私は敢えてこの婚約に異議を唱えたい。なぜならそこにいる萩原八重は」

そこで言葉を切り、達也は芝居《しばい》がかった仕草で千磨を指さした。

「――男だからです！」

千磨の全身から、さあっと血の気が退いた。

目の前が真っ暗になり、会場のざわめきが耳ではなく頭に直接響く。

（ばれた……！）

顔を強ばらせ、千磨は内心のパニックを表に出すまいと必死で押さえ込んだ。

（どうしよう……どうしたら……っ、章吾さん……！）

章吾のほうを振り向きたいのに、体が固まったように動かない。

壇上の達也は、鬼の首でも取ったかのように得意げな顔で自分の巻き起こした波乱の効果を眺めていた。

「これが証拠です」

そう言って、手に持っていた大判の紙を広げて皆に見えるように高く掲げる。

それは千磨の普段着の写真だった。カラー写真を大きく引き伸ばしてプリントしてある。

いつのまにかジーンズにTシャツ姿でキャンパスを歩いているところを撮られていた。普段から少女めいた容貌の千磨だが、Tシャツの胸は当然ぺったんこで、こういうときに限ってどこから見ても少年にしか見えない写真だった。

「すべては章吾が後継者に指名されるために仕組んだんだ！　あそこにいる章吾の秘書、あいつもグルだ！」

会場のざわめきが一段と大きくなる。

「……ほんとに？」

「まさか……でも……」

皆の視線が、千磨の写真と振り袖姿の〝八重〟の間を行ったり来たりする。

「――何を言ってるんですか、達也さん。それは八重さんの弟さんの千磨さんですよ。正真正銘の男の子で、今は慶明大学に通っておられます」

落ち着き払った声で、章吾が言った。

「そういえばあの建物、慶明大の校舎だわ」

誰かが言い、周囲の人たちが口々にそれを肯定する。

「ごまかそうったってそうはいかないぜ。こいつが千磨だ。他にも写真はあるぞ！」

「写真？　どんな写真があるというんです？」

章吾の声にも微かに緊張が走る。千磨も棒立ちになったまま、達也の言う写真とはなんだろうと考えた。

（なんかまずいところ撮られた？　まさか姉ちゃんの写真とか⁉）

萩原八重が女優をしている件は、事務所に箝口令《かんこうれい》を敷いて今まで以上に本名を表に出さないようにしたと言っていた。しかし栗ノ木村の実家を訪ねれば一発でわかる。

（いや、俺の実家は割れてないはず……）

永島が周到に手を回し、萩原八重の実家の情報には簡単にたどり着けないようにしてある。しかしまさかそこまで調べるとは予想せず、抜かりがあったかもしれない。

「皆さん、この写真をよく見て下さい！」

達也が紙をめくって、写真を次々に掲げる。

写真は全部で十枚近くあり、キャンパスに迎えに来た車に乗り込むところや、屋敷の傍で女の子の格好で車に乗っている写真もあった。

「この写真なんて、どう見ても同一人物にしか見えないでしょう。それに俺は、この日でこいつが大安寺家の屋敷に帰っていくのを見たんだ」

達也が中から二枚の写真を抜き取り、客によく見えるように両手で高々と持ち上げる。

一枚は、千磨が駅から歩いて帰宅したときの写真だった。男の子の格好のままだったので、会長や小坂に見つからないようにこっそり裏門から入ったときのものだ。もう一枚は同じ日に帰宅後、女物の服を着て裏門の傍の庭を歩いている写真である。写真の隅には正確な日時も入っていた。

ほぼ同じ位置で撮られたものなので、背格好が同じである印象がより強い。

背中につうっと冷や汗が流れる。

会場のざわめきが一段と大きくなり、耳鳴りのように耳の奥でこだましている。

(章吾さんに常に人目を気にしろって言われてたのに……!)

目の端に、決定的な証拠を披露した達也が満足げな笑みを浮かべているのが映った。

「達也さん、何か勘違いされているようですが……そりゃあ婚約者の弟さんですから、うちにはよく遊びにいらっしゃいますよ。先日も夕食をご一緒したばかりです」

章吾はまったく動じる気配を見せず、穏やかに笑った。

「それに八重と千磨さんは、双子に間違われるくらいよく似ている。私ですら後ろ姿を見て間違えそうになったことがあるくらいだ。顔だけでなく、背格好もよく似ているんです」

章吾の落ち着き払った態度に、達也の目が狼狽《ろうばい》したように宙を泳ぐ。

「そ、そんな言い訳は通用しないぞ!」

口を歪め、達也は章吾を睨みつけた。

ごくりと唾を飲み込み、千磨は拳を握り締めた。章吾の態度に背中を押され、次第に落ち着きを取り戻す。

この写真だけでは二人が同一人物であるという確証は得られないだろう。途中で着替えている場面の決定的な写真がないからだ。

それに、どうやら達也は千磨が女装していることまでは突きとめたらしいが、姉がアメリカにいることまではわかっていないらしい。

「弟さんの写真を見せられてもねえ……」

「達也さん、ご自分も後継者の地位を狙ってらしたから、この婚約に異議を唱えたいんでしょうけど……」

会場のざわめきが、次第に達也の勘違いを糾弾する方向へ流れてゆく。

自分が非難されている空気を察したらしく、達也は真っ赤になった。癇癪《かんしゃく》を起こしたように写真を床に投げ捨てて、大股で章吾と千磨に歩み寄ってくる。

「お前が男だってことはわかってるんだ！」

いきなり振り袖の襟元を摑まれ、千磨は驚いて達也を見上げた。

すぐに章吾が達也の手を振り払う。

「おい！　いい加減にしろ！」

先ほどまで冷静に対応していた章吾が、全身から怒りを発するのがわかった。

(ここで達也さんの挑発に乗ったらだめだ……！)

あくまでも冷静な態度を貫くべきだ。千磨は必死で章吾の袖口を摑み、章吾の怒りを押しとどめようとその手にしがみついた。

章吾が本気で怒ったのを見て、達也がにやりと唇を歪めた。

「へっ、よくまあ化けたもんだ。皆さんよく考えてみて下さい。さっき俺が見せた写真とこの八重という女、瓜《うり》二つじゃないですか。いくら似てるといっても、姉と弟がここまで似てるなんて不自然でしょう」

周囲が再びざわめき始める。

「確かにそっくりね……」

「でも男の子には見えないわよ」

「もしかして弟さんてニューハーフ……？」

（なんとでも言うてくれ。大丈夫、絶対ばれない。大丈夫……！）

床がぐらぐらと揺れているような気がして、千磨はぐっと草履を履く足に力を込めた。

何を言われてもしらばっくれるのだと自分に言い聞かせる。

「だけど……章吾さんならやりかねないな。達也さん以上に野心家だし」

「あの子が男だろうが女だろうが、章吾さんは後継者になるために婚約したわけだしね。将来都屋を背負って立つ人がこれじゃあちょっと……」

ひそひそ話にまじって、誰かが聞こえよがしに章吾を批判し始める。

「章吾さん、百貨店部門存続の件で自分の意見をごり押ししたいからあの手この手で必死なんですよ」

――――千磨の中で、何かがぷつんと切れた。

章吾の手を離し、押しのけるようにして達也の前に立つ。

「章吾さんは……、章吾さんは、自分の意見をごり押ししたいからとかじゃなくて、都屋グループのためを思って、百貨店部門の存続に尽力《じんりょく》しているんです……！」

それは達也にというよりも、章吾を批判した客に向けたセリフだった。

千磨の突然の反論に、会場中の視線が千磨に突き刺さる。

矢のように降り注ぐ視線に刃向かうように、千磨は拳を握って更に言い募った。

「確かに章吾さんはちょっと強引なところがあるけど、都屋グループを思う気持ちは誰にも負けてない！」

章吾を批判していた客たちがざわめき始める。

「そんなことはどうでもいいんだよ。とにかくこの婚約は無効だ。なんせこいつは男なんだからな」

達也は百貨店部門のことなどどうでもいいらしい。都屋グループの後継者争いしか頭にないのだろう。

達也が千磨を睨《ね》めつけ、意地悪くふふんと笑った。

「男のくせに、章吾の婚約者のふりをしてるうちに章吾に惚れたのか？」

図星を指され、千磨は真っ赤になった。

それは他人に一番言われたくない事実だった。

「私が男だなんて……こんな侮辱を受けるのはもう耐えられません！　なんならここで脱いでお見せしましょうか!?」

千磨の凛とした声が、会場のざわめきを一瞬にして断ち切った。

達也が口を開けたまま固まり、章吾も言葉を失っている。

千磨は猛然と帯留めを外し、牡丹色の帯揚げを乱暴に毟り取った。絞りの帯揚げを絨毯の上に投げ捨て、きつく締められた帯に手を突っ込んで力任せに押し下げる。

「おい、よせ！」

ようやく我に返ったらしい章吾が千磨の手首を握るが、千磨の手が一歩早く帯を解いた。

はらりと帯がほどけ、振り袖の合わせが崩れる。

桜色の肌襦袢がちらりと覗く。

壇上から半ば呆然と成り行きを見守っていた会長が、ゆらりと立ち上がった。

「――――いい加減にしなさい！」

会長の怒声が会場中に響き渡る。

客も達也も、そして千磨も動きを止めた。章吾が素早く上着を脱いで千磨の体を包み込む。

「達也も章吾も八重さんも……！　せっかくのパーティーなのになんという……。皆さん、今日はもうお帰り下さい！」

珍しく会長が、感情的にまくし立てた。

客の間にざわめきが戻り、会長は篠塚に支えられるようにして退出する。

「まあ……なんてこと。達也さんが変なこと言い出すからパーティーが台無しだわ」

「達也さんは会長を怒らせちゃったわね。だいたいあの子が男なわけないいじゃない。章吾さんを蹴落としたいからってあんな嘘ついて」

「大勢の前で男だなんて言われて、かわいそうに……」

客はどうやら千磨の味方についたようだ。千磨の決死のパフォーマンスが、婚約者の不名誉を救おうとした勇敢《ゆうかん》な行動という印象を与えたらしい。

「八重さん、控え室で着物を直しましょう」

混乱する会場の中、どこからともなく永島が現れて千磨に囁いた。

「ああ……頼む」

千磨を礼服の上着でくるんでそのまま立ち尽くしていた章吾が、力なく頷く。

達也は唇を噛み締め、無言で背を向けた。

12

その晩、章吾が帰宅したのは夜の十一時を回った頃だった。

――パーティーの後始末は章吾に任せ、千磨は永島と一緒に先に帰宅した。

帰宅してから会長と顔を合わせて非常に気まずい思いをしたのだが……会長はもう怒ってはおらず、むしろすまなさそうに何度も謝ってくれた。

『達也のせいで不愉快な思いをさせてしまって申し訳ない』

そう言って頭を下げてくれて、千磨のほうがかえって恐縮してしまった。

会長は達也の言ったことや婚約の件については何も言わなかった。千磨としては、この婚約を認め、章吾を後継者として指名してくれるかどうかを聞きたかったのだが……。

(でもまあ……多分大丈夫だよな。永島さんも大丈夫だろうって言ってたし)

あの騒ぎの後、控え室に戻った千磨は永島に泣きついた。

『どど、どーしよう！　これってパーティーは失敗ってことだよな⁉』

狼狽える千磨に、永島は冷静に告げた。

『大成功とは言い難《がた》いですが、これはこれでよかったのではないかと思いますよ。これでもうあなたを男だと疑う人はいませんからね。婚約は無事成立です。非難の矛先《ほこさき》は達也さんに向かうでしょうし、後のことは我々がなんとかうまくやりますよ』

そう励まされて少し落ち着いたのだが、同時にもうお役ご免なのだという寂しい気持ちに襲われた。

ベッドに仰向けになって寝そべる。大吉が胸の上に乗ってきて、千磨はその柔らかい毛を優しく撫でた。

「大吉……お前とももうちょっとでお別れだ……」

千磨はもうすぐこの家を出ていく。大吉はこの家で飼ってもらえるよう、頼んでみるつもりだ。マリー・ルイーズ親子とも仲良くやってるし、広いお屋敷で飼われたほうが幸せだろう。

仔猫を撫でながらうとうとしていると、部屋のドアがノックされた。

「俺だ」

章吾の声にどきりとし、ベッドの上に跳ね起きる。大吉が驚いてベッドから飛び降りた。

「は、はいっ」

ドアを開けると、ワイシャツ姿の章吾だった。三十分ほど前に帰って来ていたのは知っていたが、今夜はもう遅いし訪ねてこないと思っていた。

「お、お帰り……」

「ああ。今日はお疲れさん。上出来だったぞ」

章吾が部屋に入り、後ろ手にドアを閉める。

「そう？　あれから会場どうなったのかなって気になってたんだけど……」

「お前のおかげでうまくいった。お前が俺のために体張ろうとしたのが結構好評だったみたいでな。たおやかに見えてその実気丈《きじょう》で、今どき珍しい凛々《りり》しいお嬢さんだと褒められた。まあ多少は小言を言う連中もいたが、皆お前の勇気ある行動には一目置いてたぞ」

少し酔っているのか、章吾が上機嫌でまくし立てる。

客の反応を知ることができて千磨は少し安心した。

「達也の件は気にしなくていい。俺も一瞬ひやっとしたが、達也は詰めが甘いからな。お前が慶明大学に通っている萩原千磨だと勘づいたようだが、お前の姉がアメリカに滞在中だということまでは嗅《か》ぎつけていない」

「そっか……」

「それにしてもお前、意外と度胸据わってるな。着物を脱ごうとしたときは本当に驚いた」

「ああ……とっさにやっちゃって、今考えると冷や汗もんなんだけど」

「あれがよかったな。あと少し脱いだら危なかったが」

章吾が千磨の後ろ頭に手を回し、うなじへと撫で下ろす。

驚いて、千磨はその手を振り払った。

「……どうした。もうおねむだったか？」

「や……っ」

腕を掴まれて引き寄せられ、章吾の胸に抱き締められる。顔を上向かされてキスされそうになり、千磨は顔を背けた。

「やめろよ……っ！　もうこういうのは終わりだろ！」

「終わり？」

章吾の声が一気に不機嫌になる。

「婚約者のふりは今日までだ、離せって……っ」

章吾の胸を強く押すと、章吾がますます千磨の体を締めつけた。そのまま千磨の体を抱きかかえるようにして、ベッドの上に押し倒す。

「いや、やだ！」

女物のパジャマの胸をはだけられそうになり、千磨は両手でしっかりと襟をかき合わせた。

「何が嫌なんだ。こないだは自分で脱いだくせに」

ホテルでの恥ずかしい一件を蒸し返され、真っ赤になる。

「あれは……、花嫁修業の一環だろ！　もう終わったんだから触るな！」

千磨の抵抗に、章吾の表情が険しくなる。

「んうっ」

両手を拘束され、無理やり唇を塞がれる。顔を背けても、唇は執拗に追ってきた。

（やだ……！）

目に涙を溜めて、千磨は暴れた。

章吾のことが好きだから、こんなふうに弄ばれるようなキスはされたくない。

必死で歯を食いしばり、章吾の舌の侵入を阻む。

ふいに、誰かが階段を駆け上がってくるような物音が響いた。

「章吾さま！　章吾さまー！　だ、旦那さまが……！」

小坂の声だった。ひどく取り乱した様子で叫んでいる。

章吾もはっとしたように体を起こした。ドアに走り寄って勢いよく開ける。

「どうした！」

「大変です！　旦那さまが、倒れられて……！」

小坂の言葉が終わるか終わらないかのうちに、章吾は廊下に飛び出した。ものすごい速さで階段を駆け降りてゆく。

「千磨！　救急車を呼んでくれ！」

階下からの叫びに、千磨は急いで机の上の携帯電話を取り上げてボタンを押した。

◇◇◇

病院の薄暗い廊下の片隅で、千磨は祈るような気持ちで長椅子にうずくまっていた。

集中治療室と書かれた電光掲示板を何度も見上げる。

隣に座っている章吾はさっきから顔を上げない。膝に肘をついて、手で顔を覆っている。こんなにも憔悴《しょうすい》している章吾を見たのは初めてだった。

廊下の向こうから、極力足音を立てないように、しかし急ぎ足で誰かがやってくる。

「章吾さん、会長は……」

現れたのは篠塚だった。まだ仕事をしていたらしく、スーツ姿だ。その後ろから、少し遅れて永島も現れる。どうやら会社から一緒に来たらしい。

「小坂さんに連絡をいただきました。ご容態は……？」

「……わからない。家で倒れたとき、意識がなかった。ここに着いてからもう一時間以上経っている」

章吾が顔を上げ、硬い声で答える。

「……俺のせいだ」

病院に来てからずっと黙り込んでいた千磨は、俯いて振り絞るように呟いた。

救急車に同乗してここに来る間も、千磨は会長を見守りながら自分を責め続けていた。

会長が倒れたのは今日のパーティーのせいに違いない。千磨の行動が、会長に声を荒げさせたのだ。

「お前は悪くない、くだらない茶番を仕組んだ俺が悪いんだ」

章吾が千磨の背中を軽く叩く。

「でも……」

「誰のせいでもありませんよ」

篠塚が穏やかに言って、章吾の隣に腰掛ける。永島も黙って千磨の隣に座り、励ますように千磨の膝に手を置いた。

四人とも黙り込み、病院の廊下が再び静寂に包まれる。

篠塚と永島が来て十分ほど経ってから、ふいに集中治療室のドアが開いた。章吾がはっとしたように顔を上げる。千磨は思わず立ち上がった。

白衣を着た中年の医師が出てきてマスクを外す。

「ご家族のかたですか？　意識が戻られました。もう大丈夫ですよ」

（よかった……！）

章吾が大きく息を吐いて立ち上がった。その体がわずかによろめき、千磨はそっと章吾の腕を支えた。

「先生、患者さんがご家族と話をしたいと言ってます」

医師の背後から看護師が声を掛ける。医師が頷き、一日奥へ引っ込んでからもう一度顔を出した。

「章吾さんと八重さんとお話ししたいそうです」

篠塚と永島を廊下に残して、千磨は章吾に続いて集中治療室へ足を踏み入れた。

会長はベッドに仰向けになり、うっすらと目を開けていた。

章吾と千磨が室内に入ると、看護師がそっと席を外す。

「じいさん……」

章吾が声を掛けると、会長は目玉だけ動かしてこちらを見上げた。

「……時間制限があるようだから用件だけ言う。わがままを言って、すまなかった。二人とも、もう無理して婚約者のふりをしなくていい」

声はか細いが、はっきりとした口調だった。

言われたことの意味を、千磨はしばらく理解できなかった。章吾もそれは同じだったようで、黙って立ち尽くしている。

「この私が、身元を調べないわけがないだろう。篠塚がすべて調べてくれたよ」

あっと声を上げそうになり、千磨は慌てて自分の口を塞いだ。

(会長は最初から俺が男だって……萩原八重の弟だと知ってた……!?)

「男の子を連れてきてどうするつもりかと見守っていたんだが……いやはや、本当に八千代さんにそっくりで驚いた……いつ芝居をやめるのか、やめさせるか迷ってるうちに……」

言葉を切って、会長は少し咳《せ》き込んだ。看護師を呼ぼうとすると短く「いい」と言われる。

「章吾はこの子が来てから変わった。私が八千代さんと出会って変われたように」

看護師が「そろそろ時間です」と声を掛ける。

「遺言書はちゃんと書き換える。心配するな」

それだけ言うと、会長は目を閉じた。

「時間ですので退出して下さい」

看護師に促され、章吾と千磨は集中治療室を後にした。

◇◇◇

その後章吾はそのまま病院に泊まることになり、千磨はタクシーで帰宅した。

寝ないで待っていた小坂に会長の意識が回復したことを伝えると、小坂は涙ぐんで喜んだ。

早速着替えや日用品を用意し、入院の準備を始めていたようだ。

(ほんと、会長が意識を取り戻してくれてよかった……)

千磨は章吾を誤解していた。章吾は祖父に対してあまり肉親の情がないように思っていたのだ。

章吾が祖父を思いやっている気持ちを知り、安心した。

(前に会長が、章吾さんを心配する気持ちを俺に話してくれたけど……ちゃんと話せば章吾さんにもきっと伝わる)

これを機に、祖父と孫でもっと色々話し合って欲しい。そんなことを思いながら、千磨は自室に戻って荷造りを始めた。

遺言書の書き換えが確実になった今、千磨の役目は完全に終わった。

その役目すら、会長には何もかもお見通しだったわけだが……。

荷造りはすぐに終わった。来たときと同じ、衣裳ケースが三つに段ボール箱が三箱。前期試験もすべて終わって大学は夏休みに入ったので、荷物は宅配便で実家に送り返して、長距離バスに乗って岡山に帰るつもりだ。

(明日の朝、小坂さんに挨拶して、大吉のこと頼んで出ていこう……)

章吾に買ってもらった服をクロゼットから出し、明日はこれを着ようと決める。

——章吾と顔を合わせると別れが辛いから、章吾が病院から帰ってこないうちに出ていきたい。

(章吾さん……)

初めて会った日のことが脳裏に甦り、千磨は苦笑した。

あの強引で自分勝手な男を、まさか好きになるとは思わなかった。

(男の俺を婚約者にするとか言って拉致するんだもんなあ……ほんま、無茶苦茶じゃ)

可笑しくて、だけど涙が溢れてくる。

ふいにポケットの中で携帯電話が鳴り出した。章吾かと思ってどきっとする。液晶画面を確認すると、姉からだった。

『もしもし、私。千磨、元気にしとるー?』

袖口で涙を拭い、千磨は努めて明るい声を出した。

「うん。姉ちゃんは?」

『元気! あんな、昨日映画クランクアップしたんよ。まだちょっと雑用残っとるけど、明後日くらいには帰国できそう』

「そうなん、おめでとう」

『千磨ももう夏休みに入ったんじゃろ? 私も夏に一度岡山帰ろう思っとんよ』

「ほんま? 俺明日からしばらく岡山におるから、アメリカの話楽しみにしとるわ」

『うん。お土産も買うたからな』

姉がふと黙り、改まった様子で切り出す。

『……あのな、千磨。私、ほんまはこの話を受けるかどうか、すごい迷っとったんよ』

「え? そうなん?」

『実を言うと、もう女優辞めて岡山帰ろうかな思っとった。だけど千磨が……千磨がすごい喜んでくれて、応援してくれたから決意できた。あんたには感謝しとるよ』

「姉ちゃん……」

『今回の仕事は転機になったと思う。また東京に戻って、一からスタートするつもりで頑張るわ。じゃあな』

電話を切って、千磨は膝の上に乗ってきた大吉を撫でた。

「一からスタートか……」

――自分ももう一度、三ヶ月前に戻ってやり直せばいい。

また安アパートを探して、後期から新たな気持ちで大学に通って、この三ヶ月のことはすっぱり忘れて、田舎から出てきた野暮ったい少年に戻るのだ。

(最初からなかったものだと思えばいいんだ。俺は章吾さんに出会わなかった。もともと住む世界が違うし、出会ったことが間違いだったんだ)

そう自分に言い聞かせ、千磨は涙で汚れた顔をごしごし擦った。

13

「あぢー……」

炎天下の農道をとぼとぼ歩きながら、千磨はアイスキャンディーの棒を未練がましくしゃぶった。田んぼの向こうにある雑木林で蟬《せみ》が大音量で鳴いており、それがますます暑さを助長している。

八月に入ったばかりの栗ノ木村は、連日うだるような猛暑が続いていた。

午前中に村の図書館に行って勉強していたのだが、クーラーが壊れて蒸し風呂のような状態になったため、千磨は諦めて一旦帰宅することにした。

農作業用のつばの広い麦わら帽子を被り、首にはタオルを掛け、およそ美少年らしからぬスタイルで歩いていると、後ろからクラクションが鳴らされる。

「千磨！　どしたん！」

振り返ると叔父の軽トラックだった。椎茸の出荷を終えて、農協からの帰り道らしい。

「あー叔父さん、ちょうどよかった。乗せてってー」

助手席に乗り込み、千磨は図書館のクーラーが壊れたことを話した。軽トラにもエアコンはついていないが、風が吹き抜けて気持ちいい。

でこぼこ道を揺られていると、眠気が襲ってくる。つけっぱなしのカーラジオを聴くとはなしに聴きながら、千磨はぼんやりと景色を眺めた。

「……千磨、東京でなんかあったんか？」

ふいに叔父に問われて、ぎくりとする。

「いや……そりゃまあ慣れん土地じゃけ、色々戸惑ったりはしたけど」

「そうか……なんかお前、こっち戻ってから元気ねえから。時々ため息とかついとるし」

「そう？　自分じゃ気づかんかったけど」

内心焦りながら、千磨は笑顔を作った。

忘れると決意したものの、そう簡単に忘れられるものではない。ふと気がつくと、章吾のことを考えている。

千磨が大安寺家を出ていった日、すぐに携帯に章吾から連絡が入った。章吾の番号を着信拒否にすると今度は永島からもかかってきて、千磨は長距離バスが岡山に到着してすぐにショップに駆け込んで番号を変更した。

実家の住所は知られているので、永島からアルバイト代と成功報酬を振り込むから至急銀行口座を知らせるようにとの手紙が来たが、千磨は返事を出さずに放置している。

章吾からお金をもらう気にはなれなかった。三ヶ月間衣食住の面倒を見てもらっただけで十分だと思っている。

「もし東京の暮らしが合わんのじゃったら、こっちの大学受け直してもええんぞ?」

ハンドルを切りながら、叔父が心配そうに言った。

「うん……」

曖昧な返事をしながら、千磨はそれもいいかもしれない、と思った。

東京にいると、章吾とどこかですれ違うのではないかとか、都屋百貨店に行けば会えるのではないかとか、そんなことばかり考えてしまいそうだ。

(まじで岡山の大学受け直そうかなあ……こっから通うのは無理じゃけど、アパートも東京よりは安いじゃろうし)

その考えに取りつかれていると、軽トラが土埃《つちぼこり》を上げて自宅の敷地に入っていった。

家の前のいつも軽トラを停めている場所に車が停まっている。叔母の軽四ではなく、見覚えのない白いセダンだ。

「ありゃ、お客さん来とんかな? 誰じゃろ」

叔父がその車の横に軽トラを停めて、首を傾げた。

「叔母さんの友達じゃね? こないだ婦人会の人が来とったが」

言いながら千磨も軽トラから降りて、玄関に向かう。

「ああ、お帰り。千磨ちゃんも一緒?」

開け放した玄関で靴を脱いでいると、叔母が顔を覗かせた。千磨に近づいて声を潜める。

「あんな、千磨ちゃんにお客さん来とんじゃけど……。東京でお世話になっとった大安寺さんゆう……千磨ちゃんが下宿させてもろうとった人？」

ぎょっとして、千磨はその場に立ち竦んだ。

表の車は章吾の車ではないが、もしかしたらレンタカーかもしれない。

見下ろすと、三和土《たたき》に田舎道を歩くには似つかわしくない綺麗な革靴が揃えてあった。

（章吾さん!?）

まさかと思うが本人だろうか。それとも誰か、代理の人を寄越したのだろうか。

「――――千磨」

叔母の背後から、長身の人影がぬっと現れる。

麻のスーツに身を包んだ章吾だった。

（うわあああああ！！）

心の中で叫んで、千磨は素早くもう一度靴を履いた。無言で章吾に背を向け、脱兎のごとく走り出す。

「ちょっと、千磨ちゃん!?」

「千磨！　どしたん！」

叔母と叔父が叫ぶが、今はまだ章吾に会いたくない。いや、今だけでなくもう二度と会いたくないのだ。

顔を見たら辛くなる。顔を見ないように、逃げるしかない。

会えば想いが再燃してしまうし、触れたいと思ってしまう。そしてそれ以上のことも……。

「千磨！」

家から駆け出して農道を走っていると、背後から章吾の声がした。

（ひいい追いかけてきとる！）

振り返らずに、千磨は走った。幸い走りには自信がある。地の利もあるから、薮の中にでも逃げ込んでしまえばいい。

しかし章吾は思いの外駿足《ほかしゅんそく》だった。足音が次第に近づいてきて、畑の脇道から雑木林に駆け込もうとした寸前で腕を掴まれる。

「うわっ！」

腕を掴まれた拍子に雑草に足を取られ、千磨は草むらの中にどさりと倒れた。

勢い余って章吾もその上に倒れ込む。

ふわっとコロンと章吾自身の体臭が混じり合った官能的な香りが鼻をくすぐった。

後ろから抱かれるような格好になり、千磨は章吾の体の下から抜け出そうともがいた。

「お前……何も逃げなくても……」

さすがに章吾も息が上がっていた。千磨もぜいぜい言いながら、肘で章吾の脇腹を突き上げる。

「いてっ！　おい、遠路はるばる迎えに来たのに肘鉄はないだろう……。なんで携帯の番号変えた？」

「離せ！　もうバイト終わったし関係ねえだろ！」

「バイトは終わったが、またお前が必要になった」

「はあ？　遺言書は書き換えられたんだろ？　会長がまたなんか言い出したんか？」

千磨が逃げようとするのを章吾が押さえ、二人は草むらの中でもつれ合った。

夏の青々した草いきれが、むっと押し寄せる。子供の頃から慣れ親しんだ匂いだ。

この場所に章吾がいるのが不思議で、千磨はふと夢を見ているのではないかと思った。

「うわあっ！」

夢ではない証拠に、章吾が荒々しくのしかかってくる。

「俺もう婚約者じゃねえし！　もうほっといてくれよ！」

「いや、連れて帰る」

「はあああああ!?」

章吾の手から逃れるために無茶苦茶に暴れていると、畑の向こうから叔母の声がした。

「千磨ちゃん！　どこにおるん？」

どうやら千磨を探しに来たようだ。章吾が千磨の口を手のひらで塞ぐ。

「ふがっ」

間近で章吾に目を覗き込まれ、千磨は硬直した。今日初めて、章吾の目を正面から見た。

「いいか、黙ってろ。俺の言うとおりにするんだ。余計なことを言ったら叔母さんの前でキスしてやる」

章吾に脅されて、千磨はかくかくと頷いた。

章吾の目は本気だった。叔母の前でキスされるのだけは嫌だ。

「よし。立て」

章吾が起き上がり、千磨の手を握って引っ張り上げる。

「あらまあ、こんなとこにおったん。どしたん、二人とも」

叔母がおろおろしながら近づいてくる。千磨の背中や尻についた草を、章吾が振り払ってくれた。

「お騒がせしてすみません。千磨くんとは些細なことで喧嘩中だったのですが、今仲直りしたところです。それでですね、うちの祖父が千磨くんのことを大変気に入っていたんですが、病気でもう長くはないんですよ。死ぬ前にもう一度千磨くんに会いたいと言って聞かないんです」

色々言いたい気持ちを、千磨はぐっと飲み込んだ。

「まあ……そりゃいけんね。千磨ちゃん、行ってあげられえ」

人のいい叔母は、章吾の嘘にころっとだまされてしまった。

「急で申し訳ないんですが、今日の最終便で東京に戻る予定なんです。千磨くんも一緒に来てもらいたいんですが」

「そりゃ早いほうがええわ。千磨ちゃん、はよ家戻って支度せられえ」

――――千磨が口をぱくぱくさせているうちに話が進み、三十分後には千磨は章吾の運転するレンタカーの助手席に乗せられていた。

◇◇◇

「……さっき言うとったの、ほんま？　会長、具合悪いん？」

叔父夫婦の家が見えなくなってから、千磨はそっぽを向いたまま運転席の男に尋ねた。

先ほどは章吾のでまかせだろうと思って信じていなかったが、もしかしたら本当に容態が悪化したのではと気になっていたのだ。

「いや、元気だ。もう退院して家でぼちぼち仕事も再開してる」

「……そう」

嘘をつかれたことは腹立たしかったが、会長が元気に回復したと知って千磨は安心した。

しばらく黙って窓の外を見ていた千磨は、やはりそっぽを向いたままぼそっと呟いた。

「……会長が俺に会いたいって言うたから迎えに来たん？」

章吾が現れたときから、千磨の気持ちは乱れっぱなしだ。

もしかして自分に会いに来てくれたのだろうか。そう考えて胸が高鳴り、いやいや単にバイトの件の事務的な用事かもしれないと思い直す。しかしそれなら永島に任せておけばいいのに、わざわざ来てくれたことの意味に期待したり……。

「それもある」

章吾の答えは素っ気なかった。

(なんだ……)

がっかりした気持ちを悟られないように千磨は無表情を作って前を向き、シートにもたれかかった。

車は栗ノ木村を抜けて山道に入った。ここから隣村までしばらく何もない山道が続く。

空港までまだだいぶ距離があるので、千磨は寝たふりをすることにした。

(俺を東京に連れ戻してどーするつもりなんか……章吾さんの考えとることはさっぱりわからん)

不安なのに、すぐ隣に章吾がいることが嬉しい。嬉しいのを認めるのが気恥ずかしくて、千磨は心の中で章吾の悪口を並べ立てた。

(強引、自己中、人のこと脅すし、やらしいことするし、さっきも草を振り払うふりして尻撫でやがった……)

車が減速し、どこかに停まる。目を閉じていても、そこが日陰だとわかった。

信号で停止したのかと思ったが、いつまで経っても発車しない。

「……？」

目を開けると、フロントガラスに覆い被さるように木が生い茂っている。道路から少し入った林の一角のようだ。

「ここどこ……？　道に迷ったん？」

「いや、ひと気《け》のない場所を選んだだけだ」

「……それ、どういう……」

章吾のほうを振り返ると、強い双眸《そうぼう》と視線がぶつかった。

魅入られたように、千磨はその黒い瞳を凝視してしまった。

章吾の顔が近づいてきて、避《よ》ける間もなく唇を貪られる。シートベルトをしているせいで身動きもできず、千磨は目を白黒させた。

「ん、や、やめ……っ」

口の中に章吾の舌が押し入ってきて、上顎や頬の内側を舐め回す。

久々の粘膜への愛撫が、急速に千磨の官能を呼び覚ます。

（や、やばい……っ）

キスされながらTシャツの上から胸をまさぐられて、千磨はびくんと体を震わせた。

素直な体は快感をよく覚えていて、章吾の手に悦んで反応を示す。章吾の手が何度か胸を撫でただけで、乳首はつんと尖ってTシャツの布地を持ち上げた。

「千磨」

長いキスを中断して、章吾が熱っぽい声で耳元に囁く。

「い、いやっ」

「何が嫌なんだ？　ここ、もうこんなになってるくせに」

章吾にTシャツをたくし上げられそうになり、千磨はその手を掴んで本気で抵抗した。

そこに直に触れられたらもう抗えない。ここで押し留めないとまた流されてしまう。

「嫌なんだよ！　もうあんたとはこういうことしたくない！　もう婚約者のふりは終わったじゃろ！」

「確かに婚約者のふりは終わったが、俺はお前を離すつもりはない」

「…………は⁉」

聞き間違いかと思い、千磨は章吾の顔を見上げた。

章吾の目が、熱っぽく千磨を見つめている——。

「……さっきも言っただろう。俺にはお前が必要なんだ」

「それ、意味がわからん」

「お前なあ……察しろよ。お前じゃなきゃだめなんだ」

章吾の言葉に千磨はどきっとした。しかし自分が都合よく解釈しているだけなのではと心配になり、慎重に章吾の言葉の続きを待つ。

章吾がひどく困ったような顔になり、千磨のシートベルトを外した。それから体ごと抱えるようにして自分の胸に引き寄せ、しっかりと抱き締める。

「好きだ……お前のことが、好きだ」

（……え？）

章吾の言葉がにわかには信じがたくて、瞬きを繰り返す。

「お前は生意気だし、この俺に口答えするし……だけど、誰かとずっと一緒にいたいと思ったのは初めてなんだ」

互いの体がぴったりと密着しているので、章吾の声は胸に直に響いてきた。

「な……何言って……」

章吾の声ははっきり聞こえているのに、言葉の意味がなかなか理解できない。

頭の中が真っ白になり、考えがまとまらない。

けれど、抱き締める手の優しさに、言葉にならない章吾の気持ちが伝わってくる。

――いつのまにか、千磨の瞳から涙が溢れていた。

「……千磨、お前は俺のことをどう思ってる？」

顔を見られるのが恥ずかしいので、章吾の胸に顔を埋める。

どう思っているのかは明白だ。しかし、どうにも恥ずかしくてストレートに口にできない。

「章吾さんて、強引だし自分勝手だし横暴だし……」

章吾が苦笑する。

「……ほっとくと人の話聞かないから、俺がついてないと……」

章吾がそっと千磨の顎を持ち上げる。

章吾の眼差しが、熱っぽく、そして優しく千磨を見つめていた。

「…………好き」

千磨が蚊の鳴くような声で告げると、章吾の唇が重ねられた。

キスは次第に濃厚になり、互いに激しく貪り合う。

長い長いキスを交わし、千磨が息苦しさに喘いでいると、章吾がふっと笑った。

「……千磨、ここ」

「え？　……あんっ」

章吾にTシャツの上から胸を触られ、千磨は声を上げた。

布地越しにはっきりとわかるくらいに乳首がぷっちりと勃っている。章吾の手のひらで転がされて、そこはますます凝ってじんじんと疼いた。

「お、お前だってこうなるだろ？」

照れ隠しに千磨は章吾のワイシャツのボタンを外した。浅黒い筋肉質の胸が露わになる。

「俺はそんなふうにならないぞ。だいたいお前ほど乳首に存在感ないし」

確かに章吾の胸のそれは小さくて、色も肌と同じく黒っぽくて目立たない。

章吾が千磨のTシャツをまくり上げ、しげしげと観察する。

「お前のはすごいいやらしいよな……」

思わず千磨は、章吾の頭をぽかっと叩いた。

「変なこと言うなよ!」

「でも感じただろ」

「あ……っ」

きゅっと乳首を摘まれ、千磨は胸を反らせた。

「ま、待った、このままじゃやばい……っ」

千磨のペニスは、もうとっくに下着の中でいきり立っている。多分先走りも漏れて、下着を濡らしているに違いない。乳首を弄られると、パンツを汚してしまう。

章吾が手を止めて囁く。

「どこかホテルに行こう」

「ホテル?」

「ラブホじゃ嫌か?」

「嫌じゃないけど、俺どこにあるのかわかんないし……」

田舎の山奥にもラブホテルはあるが、千磨は車の免許を持っていないし、そもそもそういったことに疎かったので、どこにそういう施設があるのかまったく知らない。

「……ホテルまで我慢できない……」

恥を忍んで、千磨は限界が近いことを訴えた。

章吾が唸り、自身のベルトを外してファスナーを下げる。

「うわ……っ」

章吾のものも、完全に勃起して反り返っていた。亀頭も先走りでぬらぬらと濡れている。

「ちょっと狭いが、いいか？」

「うん……」

章吾がハーフパンツを脱がせるのを腰を浮かせて協力し、下着は自ら脱ぎ捨てる。

「千磨……上に乗れ」

「え、どうすんの？」

章吾が運転席のリクライニングを少し倒して、千磨の腰を掴んで自分の腰に跨《また》がらせる。

（これって……俺が上に乗って……）

騎乗位のスタイルを取らされ、千磨は赤くなった。

章吾が自らの勃起を二、三度擦り、亀頭から溢れた先走りで指を濡らす。

濡らした指を後ろの窄まりにつぷっと入れられ、千磨は喘いだ。

章吾が何度か先走りを塗り足し、千磨の窄まりがぬちゅぬちゅと濡れた音を立て始める。

（あ……章吾さんので中が濡れてる……っ）

早く交わりたくて、千磨の小さな穴は柔らかくほぐれて章吾の指を飲み込んだ。

「今日はすごく柔らかいな……おい、指を締めつけるなよ」

千磨の穴は本人の知らないうちにすっかり淫《みだ》らになり、飲み込むときは柔らかいくせに入ってきたものをきつく締め上げる動きをして章吾を驚かせた。

章吾が自分の勃起の根本を摑んで先端を千磨に向ける。

「自分で入れてみるか……？」

「ん……っ」

千磨は熱に浮かされたように窄まりの入り口に章吾の亀頭を擦りつけた。

「あ……っ」

ぬるついた狭い穴に、太い亀頭がめり込む。ゆっくり腰を沈めると、ずぶずぶと中に入ってきた。

「あ、すご……っ、もういっぱい……」

「まだ先っぽだけだぞ」

「え？　だってもう入らん……っ」

「気持ちいいところに当たってないだろ」

熱くとろけた穴も、章吾の大きなものをすべて飲み込むことをためらっていた。体は淫乱《いんらん》でも、千磨はまだ初心者なのだ。

章吾が焦れたように腰を少し突き上げる。

「あはあっ、や、ああっ」

下から突き上げられ、千磨の腰が思わず逃げる。

章吾が千磨の細い腰をがっちりと掴み、結合を深くした。

「あ、あ、あああーっ」

ずんと奥まで貫かれ、千磨は章吾の胸に精液を飛ばした。

(章吾さんの服、汚してしもうた……っ)

「着替え持ってきてるから遠慮すんな」

章吾が千磨の懸念を察したように言う。

「……んっ」

いったばかりの体をしっかりと抱き締められ、千磨は章吾の首に手を回して熱い吐息を漏らした。

章吾の唇が千磨の胸を強く吸う。白い肌に、キスマークが刻印される。

章吾のものはまだ千磨の中で力強く漲っている。その質感を味わうように、千磨は無意識にきゅっと尻の穴を窄めた。

章吾が低く呻き、律動を再開させる。

「ああ……っ」

敏感な場所を擦られ、千磨は章吾にしがみついた。初めての体位で、当たる場所や角度が違って、それが少し怖い。淫らなポイントをどんどん開発されそうで……。

「千磨……」

「あ、あんっ」

熱っぽく名前を呼ばれ、千磨は赤くなった。

花嫁修業という名目で抱かれていたときよりも、好きと打ち明け合ってからのセックスのほうが何倍も気恥ずかしいような気がする。好きな人に、恥ずかしいところも乱れるところもすべて見られてしまうのだ。

けれど、章吾にしか見せたくない。章吾にだけ、見て欲しい。

「や、ああっ、だめ、そこ、だめえ！」

章吾が千磨の前立腺を集中的に攻める。そこを突かれ、擦られるとひとたまりもない。

「あひっ、あっ、や、ああ……っ！」

二度目の絶頂を迎え、千磨は精液を漏らした。一度目ほど勢いはないが、腰が砕けそうな快感に包まれる。

「千磨……！」

奥に、章吾の熱い迸《ほとばし》りが叩きつけられる。その勢いに千磨は身悶えた。

愛しい男に中で出されながら、千磨もとろとろと残滓《ざんし》を零す。

互いに好きだと確かめ合ってから、初めてのセックスだ。体も心も満たされて、千磨は頰を紅潮させて喘いだ。

(章吾さん……好き……!)

章吾の首にしがみついて、千磨はできたばかりの恋人の唇を求めた。

章吾の唇がすぐにそれに応え、長いキスが始まる。

——結局その日は最終便に間に合わず、二人は空港近くのホテルで一夜を過ごすことになってしまった。

14

(これは……一件落着ということになるんじゃろうか)

大安寺家の大広間で小坂のいれてくれた紅茶を飲みながら、千磨は眉間に深いしわを寄せていた。

「あら、渋かったですか？」

小坂に問われ、慌てて首を横に振る。

「いえ、美味しいです！」

「そうですか、よかったです」

小坂がにっこり微笑んで、トレイを持って下がった。

向かいの席で、すっかり元気になった会長もにこにこと千磨を見守っている。

——章吾と飛行機で東京に戻ったその日。千磨は、章吾に買ってもらった男物の服を着て大安寺家を訪ねた。

会長は千磨が男だということを知っているのでそれはさておき、家政婦の小坂までも「千磨さん、お帰りなさいませ」と平然と言っていたのが気になる。

「小坂さんにも事情はすべて話した。これから一緒に生活していくんだから、隠し事は無理だろう」

会長が平然と言い放つ。

千磨は、隣に座っている章吾が自分を同居させるに当たってなんと説明したのだろうかと気になった。もう婚約者のふりは必要ない。ただの下宿人というには、この対応はちょっと違う気がする。

今章吾に問いただすわけにもいかず、紅茶を飲みながら会長を窺う。

「いやあ、章吾が千磨くんと結婚すると言い出したときにはさすがの私も驚いたが、まあ最近の若い人の間じゃこういうこともあるんだろうな」

朗《ほが》らかに言われて、千磨は紅茶を噴き出しそうになった。

「けけけ、結婚!?」

「昨日話しただろう」

章吾がしれっと言う。

そんなことを言われた記憶はないが……ホテルで抱き合っているときにそんなようなことを囁かれた気もする。千磨は意識が朦朧としていたので、夢かと思っていたのだが……。

「まあまあ。私も章吾もちゃんとわかっている。こういう場合は、正式には養子縁組というらしいな」

「…………」

あんぐりと口を開け、千磨は会長と章吾の顔を交互に見た。

（この人たち……冗談言うとるわけじゃないんだよな？）

「この歳になると、世間体とか常識とかもうどうでもよくなってくる。今まで誰とつき合っても変わらなかった章吾が、千磨くんと出会って変わった。男とか女とか関係なく、章吾が幸せになれる相手と一緒になるのが一番いい」

会長は面白がっているわけでもからかっているわけでもなく、達観しているようだった。

「占い師の言っていたことは当たったな。君が章吾を変えてくれて、人生のパートナーになったわけだから。まあそんなわけで千磨くん、うちの章吾をよろしく。いずれ岡山の叔父さんご夫婦にもご挨拶に伺いますよ」

（えええええ……！）

もう少しで叫びそうになってしまったが、千磨はすんでのところで声を抑えた。

「でもあの、萩原八重として婚約披露してしまったのはどうなるんですか……？」

「あれは破談になったと言っておいた。今どき珍しい話でもないし、皆すぐに忘れるさ。遺言書も書き換えたから、達也ももう何も言ってこないだろうし」

「旦那さま、鶴子《つるこ》さまがお見えです」

会長の言葉に千磨が口をぱくぱくさせていると、小坂が来客を告げに来た。初めて聞く名前に、千磨は隣の章吾を振り返った。

「大安寺鶴子。俺の伯母《おば》だ」

「私の娘だ。ちょうどよかった、紹介しよう」

会長が立ち上がって鶴子を迎え入れた。

「こんにちは。章吾さん、先日のパーティーはとっても楽しかったわ。ああ、こちらが千磨さんね。そうそう、うちの娘に素敵な出産祝いをどうもありがとう。あの熊ちゃん、千磨さんが選んで下さったんですってね。娘がとってもとっても気に入ってたわ。近々お友達にも赤ちゃんが生まれる予定なんだけど、ぜひ同じ物を贈りたいっていうくらい」

早口でまくし立てる鶴子に、千磨は圧倒された。章吾の言っていた従姉はこの人の娘だったのか。

章吾が自分をなんと紹介したのか敢えて聞かないことにして、千磨は自棄《やけ》気味の笑顔を浮かべた。

鶴子の声を聞きつけ、大広間の隅で寝ていたマリー・ルイーズ親子と大吉がむくっと起き上がる。猫たちは鶴子のことが気に入っているらしく、小走りに駆け寄って足元にすり寄った。

「みんな元気そうね。あら、この子お父さんにそっくりになったわね」

鶴子が大吉を抱き上げて、愛しそうに撫でる。

「あの、この猫は僕が拾った猫なんですけど……？」

「え？　だってこの子、フランソワでしょう？」

「フランソワ?」

「ええ、うちで飼ってるジェラールと、ここのマリー・ルイーズの子供で、シャルルとアントワーヌの兄弟よ。あ、うちのジェラール見る?」

鶴子が携帯電話を取り出し、待ち受け画像を「ほら」と見せてくれた。大吉にそっくりな不細工猫が、液晶画面からはみ出しそうな勢いでにたりと笑っていた。

どう見ても親子だ。庶民だと思っていた大吉は、実はセレブだったのだ。

(大吉がここの家の猫だった……てことはつまり……)

大吉は、章吾が目的を達成するために送り込んだ罠《わな》だった……。

「……章吾さん」

「やっと気づいたのか。もっと早く気づくかと思った」

章吾はなんでもないことのようにさらっと言ったが、千磨の腸《はらわた》は煮えくり返っていた。

「あんたは……あんたって人は……!」

「言っておくが、仔猫の件は俺じゃなくて永島の提案だ」

「永島さん!?」

永島にもだまされていたのか。千磨は呆然とした。

「ちなみに興信所の調査員の話、あれは俺の案だ」

(興信所の調査員……あのホテルのときの……!)

少しも悪びれた様子のない章吾に、千磨は目を剝いた。

「見合い話がどうのこうのって、全部嘘だったのか!!」

「お前がずっとへそ曲げてたからな。機嫌を直すきっかけを作ってやったんだ」

「……!?」

章吾の言いっぷりに、千磨の体がぷるぷると震える。

(………機嫌を直すきっかけを作ってやった、だと……?)

こんな男の恋人になってしまったのは、もしかして大いなる間違いだったのではないか。

さりげなく腰に手を回そうとした章吾に、千磨は思いっきり肘鉄を食らわしてやった。

あとがき

こんにちは、もしくは初めまして、神香うららです。

まずは拙作をお手にとって下さって、どうもありがとうございます！

今回のお話は花嫁修業であります。田舎から上京したばかりの純真な大学生があれよあれよという間に御曹司の婚約者として花嫁修業をする羽目になり、そればかりか〝夜の花嫁修業〟まで……！　というような。

私は受の乳首に大変萌えます。とりわけ透け乳首に猛烈に萌えます。前作でも透け乳首説教を書いたのですが、透け乳首熱は下がるどころかますます上昇、今回はまず「受の乳首が透けてしまう場面」を考えて、そこから話を作っていきました。

始めに透け乳首ありきです。ビバ透け乳首。

千磨にはワンピースやら着物やら色々着せてしまいましたが、案外Tシャツとジーンズのような普通の格好が一番色っぽいかもしれませんね……たとえ乳首が透けていなくても（笑）。

当初千磨は田舎出身というだけで、特にどこ出身とは決めていませんでした。担当さんが「時々ぽろっと方言が出るのが可愛いと思うんですけど、岡山弁はどうです？」と言って下さって、千磨は岡山出身になりました。ちなみに栗ノ木村というのは架空の地名です。

普段私がしゃべっている岡山弁を元に書いたのですが、方言は文章にすると読みづらいのでかなりソフトにしてあります。なので千磨は岡山の男子にしては上品です（笑）。

さてさて、今回も多くのかたにお世話になりました。

まずはこうじま奈月先生、お忙しい中、素敵なイラストをどうもありがとうございました。こうじま先生にはデビュー作でもお世話になったのですが、またこうして描いていただける機会があるとは思ってもいなかったので、すごく嬉しかったです！　可愛い千磨と俺様な章吾、そして永島や篠塚まで描いて下さってありがとうございました～！

余談ですが先日ファクスを新調し、受信第一号がこうじま先生の表紙ラフでした。ファクスの前に仁王立ちになり、「ふおおーっ」と鼻息荒く受け取りました。表紙すごく楽しみです！

担当のS様、今回も大変お世話になりました。特に改稿時には私の人生における長電話記録を更新するほどの長丁場になってしまい、前回以上にお手をわずらわせてしまって申し訳ありませんでした……電話が終わる頃にはSさんの声が掠れていました……す、すみません～。いつも根気よくつき合って下さって、本当にありがとうございます。

そして、なかなかいいタイトル案が出なくて困っていたときに助けて下さったK様、素敵なタイトル案をたくさんどうもありがとうございました。Kさん案の「花嫁修業は恋の予感」を使わせていただきました～！　ちなみにハートマークは担当さんが付けて下さいました。可愛いタイトルで、すごく気に入ってます。

最後になりましたが、この本を手にとって下さったすべてのかたへ、どうもありがとうございます……！

最近思ったんですけど、私は受がいかに可愛いか力説するために小説を書いているような気がします。千磨の可愛さを余すところなく伝えたいんじゃー！、と意気込んで書いたのですが、少しでも伝わりましたでしょうか。

ご感想などありましたら、ぜひぜひお聞かせ下さい。

それでは、またお目にかかれることを願いつつ……このへんで失礼いたします。

神香うららでした。

こんにちは、挿絵を描かせて頂いた
こうじまです。 東京で生まれ育った自分には、
方言とかに憧れがあるので、千磨くんの岡山弁
は、とってもツボでした♥ いつもの事ながら、
小説のイメージを崩していないか不安ですが…
私自身は楽しんで描かせて
頂きました♥ 少しでも
気に入って頂けたら
嬉しいです。

こうじま奈月

ダリア文庫をお買い上げいただきましてありがとうございます。
この本を読んでのご意見・ご感想・ファンレターをお待ちしております。

〈あて先〉
〒173-0021　東京都板橋区弥生町78-3
(株)フロンティアワークス　ダリア編集部
感想係、または「神香うらら先生」「こうじま奈月先生」係

＊初出一覧＊

花嫁修業は恋の予感♥・・・・・・・・・・・・書き下ろし

花嫁修業は恋の予感♥

2008年10月20日　第一刷発行

著者　神香うらら
©URARA JINKA 2008

発行者　藤井春彦

発行所　株式会社フロンティアワークス
〒173-0021　東京都板橋区弥生町78-3
営業　TEL 03-3972-0346　FAX 03-3972-0344
編集　TEL 03-3972-1445

印刷所　図書印刷株式会社